# Roswitha Quadflieg
# Alles Gute

Roman

Insel Verlag

Erste Auflage 1999

Satz: Jung Satzcentrum, Lahnau
Druck: Clausen & Bosse, Leck
Printed in Germany
1 2 3 4 5 6 – 04 03 02 01 00 99

*Wie viele Wahrheiten habt ihr?*

Max Frisch

*So betrachtet könnte die Welt (und was ich von ihr sehe) zweifellos Sinn gewinnen. Nur muß ich meine Augen sehr anstrengen.*

Imre Kertész

# Caecilie

Ja, ich weiß, was du sagen würdest: Du mit deinen Geschichten! Denk nach, so etwas gibt es nicht, das kann es gar nicht geben. Das wird dir jeder bestätigen. Ich bin mir ja auch noch nicht sicher, aber wenn das stimmt –

Ich brauche die Adresse. Ich muß mit ihr reden. Ich muß unbedingt mit ihr reden. Ein Glück, daß ich jetzt wenigstens wieder ihren Namen weiß.

Ich habe gerade auf dem Amt angerufen. Die Nachmieter haben nämlich erzählt, daß sie vor etwa zwei Jahren in ein Heim gezogen sein soll, schon ziemlich verwirrt, es hat Gerede gegeben. Ich weiß, das geht mich eigentlich nichts an, aber von ihr hängt jetzt alles ab.

Hoffentlich lebt sie überhaupt noch.

Man muß persönlich vorbeikommen, mit Personalausweis, oder einen Antrag stellen. Im Computer ist doch alles drin, klicken Sie einfach mal an, nein, ich verlange überhaupt keine Extrawurst, nur ein bißchen Engagement. Alles nach Vorschrift. Beamtin müßte man sein. Und gebührenpflichtig, na klar, der Staat langt zu, wo er kann. Als selbständige Geschäftsfrau frage ich mich manchmal – Aber bis sechzehn Uhr hätte ich es heute nicht mehr geschafft. Kommen Sie morgen früh, ab acht sind wir wieder für Sie da.

Das sagen die einem einfach so und legen wieder auf. Und ich kann warten, noch einen Nachmittag, einen Abend und eine Nacht. Es ist nicht zu fassen. Ich will jetzt mit ihr reden.

Du lachst. Ich weiß. Ich, mit meinen Geschichten. Was gehen sie dich noch an? Du in deinem sonnigen Kalifornien denkst: Laß mich doch in Frieden. Aber auch ich habe es allmählich satt. Ich kann nicht mehr! Seit einem halben Jahr drehe ich mich nur noch im Kreis. Und dabei ist alles längst erwiesen – die einzige, die Bescheid weiß, hat ausgesagt. Du bist überführt!

Und trotzdem: Immer wieder dieselben Gedanken und Fragen, Sätze und Bilder – dieses Mühlrad in meinem Kopf. Tag und Nacht. Und seit ein paar Stunden stimmt irgend etwas überhaupt nicht mehr. Aber ich kann nicht genau sagen, was.

Wenn ich mir vorstelle, wie es dazu gekommen ist. Eigentlich doch reiner Zufall, daß ich ihm im Flugzeug begegnet bin. Dreiundzwanzig Reihen zu sechs Plätzen, und er ausgerechnet neben mir. Das gibt's doch gar nicht. Ich hätte auch ein paar Tage eher nach Zürich fliegen können, und nicht erst am Hochzeitsmorgen. Georg hätte sich gefreut, Karola den Laden leicht auch ein paar Tage ohne mich geschmissen, nicht nur einen Samstagvormittag.

Sollte ich ihm begegnen? So was findest du lächerlich, ich weiß. Wer glaubt denn an so etwas? Und vielleicht hast du recht, vielleicht aber auch nicht! Er wurde ja sogar noch ausgerufen. Zu dick aufgetragen? Einer wird in der Abflughalle ausgerufen, damit ein anderer seinen Namen erfährt und ihn im Flugzeug auf dem Platz neben sich gleich ansprechen kann? Ich hätte die astrofitte Exterroristin Silke Strugalla fragen sollen, was sie davon hält.

Oder du, auch du hättest sie fragen können, du hast inzwischen doch auch mit ihr telefoniert.

Keine Angst, ich ruf dich nicht an, Schluß ist Schluß, obwohl ich jetzt wieder weiß, wo du bist. Seit Zürich ist eine Menge passiert, und ich bezweifle, daß du damals in der Hotelbar den Kern des Problems überhaupt begriffen hast. Du warst viel zu betrunken. Einfach den Spieß umdrehen, geht aber nicht – wenn er dein Sohn ist, ist das auch meine Angelegenheit.

– Wenn der Geiger mein Küken ist, hat eins der Hühner von damals –

Für den Satz hätte ich dich umbringen können.

Wann haben wir zuletzt eine Nacht miteinander verbracht? Ich weiß es nicht mehr, es ist auch egal – alles, was mit dir zusammenhängt, ist weg. Aber seit Zürich –

Ich muß mit ihr reden!

Dieser frühe Samstagmorgen war sowieso nicht nach meinem Geschmack. Über das Flugfeld fegte eisiger Wind, und während ich auf der Treppe stand, hob auf der Startbahn gerade eins dieser kleinen Flugzeuge ab. Ich kann diesen Lärm nicht ertragen. Am liebsten wäre ich weggerannt. Statt dessen Hölderlin. »...wo nehm ich, wenn es...« Stimmlos. Weißt Du noch? Mein kleiner Zitatenschatz aus der Schulzeit für Notfälle und Streß. Wie oft hast du mich deswegen ausgelacht. Die Muse und ihr Sportartikelladen, Caecilie, die Mixtur der besonderen Art!

Allein der Einstieg: eine Ewigkeit. Bis Männer – und frühmorgens fliegen ja fast nur Männer – sich für eine der am Eingang bereitliegenden Zeitungen entscheiden und ihre Mäntel in den kleinen Klappfächern verstaut haben, kann man sich draußen auf der Treppe eine Lungenentzündung holen. Als ich endlich auf meinem Gangplatz saß, war mir schlecht. Mitte und Fenster waren noch frei – wenn er nicht gekommen wäre, wäre ich aufgerückt.

Die Crew wie immer bemüht, einem die Illusion zu vermitteln, der eindeutig Bevorzugte zu sein. Über Bordlautsprecher wurde eine Startverzögerung angesagt: Wir warten noch auf einen Gast.

Immer muß einer zu spät kommen, habe ich gedacht. Ich hasse diese Unpünktlichkeit, schon aus sozialen Gründen. Auch in der Beziehung bist du Weltmeister gewesen.

Draußen hatte es zu regnen begonnen, an den kleinen Fensterscheiben konnte ich die schrägen Streifen sehen, und ich war auf einmal froh, wenigstens nicht naß geworden zu sein. Georg hatte angedeutet, seine Schwiegermutter sehe immer aus wie frisch aus dem Ei. Tatsächlich bin ich nur ihretwegen am Vorabend noch einmal zum Friseur gegangen. Aber es hat wenig gebracht, in Zürich habe ich einmal mehr gespürt, daß ich – lassen wir das.

Und plötzlich hat er dagestanden, vorne im Gang, mit dem Geigenkasten unter dem Arm, und hat ausgesehen wie du. Ja, Ray, genau wie du, daran ist nun nichts zu ändern.

Ich habe mich furchtbar erschrocken. Das habe ich dir ja schon in der Hotelbar gesagt. Und seitdem geht er mir nicht aus dem Kopf; ob mir das nun paßt oder nicht.

Den Mantelkragen hochgestellt, den Kopf zwischen die Schultern gezogen, eine nasse Strähne seiner langen Haare quer über der Stirn, ist er auf mich zugehastet und hat sich, groß und hager, wie er nun einmal ist, mit einer Entschuldigung an mir vorbei auf den Fensterplatz gezwängt. Das Instrument hat er zwischen uns gestellt.

Daniel Stein. Hier, in der Zeitung von heute, kannst du ihn sehen. Dreispaltenfoto. Ganz Salzburg liegt ihm zu Füßen, »Vom Talent zum Star.« Während der Festspiele hat der junge Mann den Durchbruch geschafft. Beneidenswert.

Daß du es nicht sein konntest, war klar. Mit fast dreiundfünfzig sieht selbst mein Exmann Ray Corner nicht mehr aus wie Adonis, habe ich gedacht. Mindestens grauhaarig und etwas voller mußtest auch du inzwischen sein.

Parallel dazu und wie in einem Film habe ich seltsamer Weise die sonderbare Szene deines Abschieds vor dreiundzwanzig Jahren vor mir gehabt. Den Mantelkragen hochgestellt, den Kopf zwischen die Schultern gezogen, drehst du dich in der Haustür noch einmal zu mir um, Tut mir leid, Caecilie, aber ich pack's hier nicht mehr, ich geh zurück nach Amerika, grüß den Kleinen, und alles Gute! Ich sehe dich zur Garage gehen, höre das Laub unter deinen Füßen, und wie der Motor anspringt. Es war Anfang November – erinnerst du dich?

– Alles Gute! – Ja, Ray, ich habe das Beste daraus gemacht, ich bin selbständig geworden, und von heute aus gesehen ist es vielleicht wirklich mein Glück, daß du abgehauen bist. Neben dir – Ja, ich habe viel gelernt, auch wenn ich mich jetzt frage, ob es wirklich mein Leben war. Ob nicht irgend etwas gründlich schiefgegangen ist.

Ich muß unbedingt mit ihr reden. Hoffentlich kann sie sich noch erinnern.

Die Scheidung war exzellent vorbereitet, fairer Weise hast du uns den Laden vermacht, wirklich nett von dir, Ray. Du bist ja von Anfang an der Meinung gewesen, Georg und ich würden es auch ohne dich schaffen. Und du hast recht gehabt. Der kurzsichtige Junge und die Geschäftsfrau aus dem Germanistikseminar haben sich tapfer geschlagen.

Natürlich hatte ich angenommen, daß du wiederkommst. Das begreift doch kein Mensch – plötzlich in der Tür stehen, sich noch einmal umdrehen und weggehen. Ohne Auseinandersetzung, ohne Streit. Aber auch ohne ein Warum. So etwas wie Sehnsucht, wenn schon nicht nach mir, so doch wenigstens nach deinem Sohn –

– Grüß den Kleinen, und alles Gute! – das war's.

Am Ende unseres langen Spaziergangs um die Alster hat mir Silke Strugalla alles erklärt. Dein Sohn sei dir vom ersten Moment an unheimlich gewesen, und mich hättest du für irgendwie traumatisiert gehalten nach dieser Sache mit deinem Freund Hans, Hans dem Schauspieler. Du hättest gefürchtet, ich drehe komplett durch, und das hätte dich verunsichert. Und gerade starke Männer hielten Verunsicherungen nicht aus.

Eine rührende Geschichte, die du ihr, wie sie sagte, zum Abschied geschrieben hast. Vielleicht hat sie den Brief im Knast bekommen – ja, sie hat zehn Jahre gesessen. Hast du gewußt, daß sie so tief in alles reingerutscht war?

Das Kind kurzsichtig wie ein Molch, die Frau verdreht. Mit so einer Familie hast du dich natürlich nicht abgeben wollen.

Hast du wirklich nie kapiert, daß zwischen Hans und mir nichts war? Oder ist mein nicht begangener Ehebruch nur willkommener Anlaß gewesen, endlich abhauen zu können, sozusagen guten Gewissens trotz deiner Affären. Meine Sache mit Hans hatte nichts, aber auch gar nichts mit dir zu tun. Das war nur eine Sache im Kopf. Jeder hat doch so seine Geschichten im Kopf.

Ich muß mit ihr reden! Es ist noch nichts bewiesen.

Nicht die kleinste Spur. Ratsch und weg. Wie eine Amputation. Warst du befreit?

Mal sehen, wie wir am Ende dastehen. Wir beide. Du und ich.

Und was machen wir, wenn sie nicht mehr lebt?

Die ersten Wochen waren die schlimmsten. Alle haben mich nur das eine gefragt: Warum, und im

Laden ist alles drunter und drüber gegangen. Falls es dich interessiert, ob irgend jemand um dich geweint hat, kann ich dich beruhigen: Dein Sohn! Nächtelang. Und ich bin ihm eine Antwort schuldig geblieben.

Um weiterleben zu können, habe ich mich in die Arbeit gestürzt, Erfolg gehabt, Geld verdient. Ja, es hat Spaß gemacht, Ray. Anders wäre es nicht gegangen. Wenn ich mir dreiundzwanzig Jahre lang nur ein und dieselbe Frage gestellt hätte, wäre ich wohl durchgedreht.

Und plötzlich die Antwort. An einem regnerischen Februarmorgen, während eines Flugs von Hamburg nach Zürich. Leibhaftig neben mir. Ein junger Mann, Ende Zwanzig, etwa so alt wie Georg – dein zweiter Sohn. Was für ein Geschenk, gerade an diesem Morgen begreifen zu dürfen, daß ich damals nicht die einzige war. Welch schöner Hochzeitstag!

Wieso bin ich vorher nie darauf gekommen, wieso bin ich deiner so sicher gewesen? Das habe ich mich im Flugzeug gefragt. Damals ist doch alles kreuz und quer gegangen – das war doch das Programm. Niemand hätte das Wort Fremdgehen gebraucht.

Aber wir beide hatten uns etwas anderes vorgenommen, oder nicht? Erinnerst du dich?

Schweißtropfen, zwischen den Schulterblättern, auf der Stirn. Herzflattern, Atemnot. Eine Stewardeß hat mir Aspirin gebracht. Bitte ziehen Sie die Sicherheitsgurte fest, Lehne senkrecht, Tische hoch. Demonstration der Sauerstoffmasken. Wenn du wüßtest, wie hundeelend mir während dieses Starts gewesen ist.

Weiteratmen, habe ich mir gesagt, du mußt einfach weiteratmen. Ganz stur, und es hat geholfen. Erst über den Wolken habe ich wieder den Blick zur Seite gewagt. Gleißendes Licht. Leicht vorgebeugt hat er da gesessen, ein kariertes Taschentuch in der Hand, und sein langes Haar getrocknet. Über den Kasten hinweg ein paar Tropfen bis hinüber zu mir.

Ich habe allen Mut zusammengenommen und ihn gefragt.

Ray Corner?, das Taschentuch am Kopf, hat er mich angestarrt und mit den Schultern gezuckt. Mein Mann, aber wir haben uns seit über zwanzig Jahren nicht gesehen. Erstaunlich, daß Sie noch wissen, wie er aussah. Und ob es ein Kompliment sei?

Wie oft habe ich dich so gesehen, Ray! Hundertmal. Du kommst aus der Dusche, frottierst dir den Kopf und sagst –

Wenn ich mir das alles jetzt vorstelle – .

Was dir allerdings überhaupt nicht entsprach, war dieser Geigenkasten. Du hättest eine Sporttasche bei dir gehabt. Außerdem bist du viel robuster als er.

Eklig, diese Frühstückstabletts, alles in Plastik verschweißt, pappig und kalt. Tee oder Kaffee? Er hat der Stewardeß keine Antwort gegeben, und nur deshalb habe ich ihn dann direkt gefragt, Tee oder Kaffee, Herr Stein?

Sie kennen mich? So berühmt bin ich doch noch gar nicht!

Neugierig, charmant, arrogant. Nie hätte ich gedacht, daß mir deine Art noch so in Erinnerung war, geradezu vertraut.

– Tut mir leid, Caecilie, aber –

Wer zu spät kommt, wird ausgerufen. Wirklich schade, daß mir beim Weiterreichen des Bechers etwas Tee über den Kasten geschwappt und auf diese Weise mein kleiner Rachefeldzug gleich wieder für die Katz war. Als hätte ich gegen das Instrument getreten, so hat er mich beschimpft.

Warum haben wir eigentlich gleich das Kriegsbeil ausgegraben? Wir kannten uns doch gar nicht, hatten uns noch nie gesehen, es hat nicht den geringsten Grund gegeben.

Dieser Verdacht hat mich geradezu kopflos gemacht. Kein Wunder, daß er mich jetzt haßt. Wenn du gesehen hättest, wie er mich vor der Musikhalle hat abblitzen lassen.

Aber vielleicht kann ich ihn ab morgen besser verstehen, vielleicht fangen wir alle dann noch einmal ganz von vorne an, Ray!

Es ist dieses Gefühl gewesen, von dir nicht nur verlassen, sondern auch betrogen worden zu sein, das mich wahnsinnig gemacht hat. Und daß ich nicht vorher darauf gekommen bin.

Und seitdem ich um die ganze Widerwärtigkeit weiß –

Also doch! habe ich gedacht und mich sofort gefragt, wer die andere war. Eine Kundin. Eine Lieferantin. Alles habe ich für möglich gehalten. Wenn ich eine Ahnung davon gehabt hätte, daß du so –

– hat eins der Hühner von damals ein Ei von mir gelegt, ohne es mir zu gackern. –

Du bist wirklich ziemlich betrunken gewesen in dieser Zürcher Hotelbar.

Und jetzt? Wir werden ja sehen, wer von uns beiden recht behält. Ich mit meinen Geschichten oder du abgeklärter Sportsfreund in deinem sonnigen Kalifornien. Die Hauptsache ist, daß sie sich noch erinnern kann.

Wenn ich an uns denke, Ray, damals, harmlose junge Leute, geradezu rührend. Sonst hätte ich mir wohl auch nicht zwei Jahre lang Gedanken wegen einer Affäre gemacht, die gar keine war. Und du, hast du nun –

Eins steht fest: Er ist dein Sohn.

Alles habe ich versucht. Auch die neckische Tour. Mit Schokoladenriegel in der einen und Apfel in der anderen Hand. Mögen Sie? Sie sind mir noch eine Antwort schuldig. Wollen Sie Ihrem Alten nachreichen, vor achtundzwanzig Jahren fremdgegangen zu sein?

Vor achtundzwanzig Jahren, Ray Corner, hör genau zu.

Oder arbeiten Sie für ein Familienforschungsinstitut? Machen Sie sich keine Sorgen, ich bin rein arisch und heiße Daniel mit Vornamen, Daniel Stein. Auch sein Vater hieße so, Vorname Gerhard. Er sei Gärtner gewesen, in einem Behindertenheim am Stadtrand Hamburgs, und letztes Jahr an Herzversagen gestorben. Seine Mutter habe eine kaputte Lunge und liege schon seit Monaten im Krankenhaus.

Ob sie wohl noch lebt? Karola hat ihr nur noch ein paar Wochen gegeben.

Im übrigen, hat er noch hinzugesetzt, solle ich nicht so neugierig sein, denn Neugierige und Schafsnasen würden nachts in einen Birnbaum gehängt. Das habe sein Vater einmal zu ihm gesagt.

Mechanisch und teilnahmslos. Wie eine aufgezogene Spieluhr. So etwas habe ich wirklich noch nie gehört. Dabei hat er den Deckel seines Joghurtbechers auf- und wieder zugeklappt, anschließend den Kopf zur Seite gedreht und aus dem Fenster gesehen.

Ich kann dir sagen! Sozusagen im Handumdrehen bin ich die Antwort auf die Frage aller Fragen los gewesen, seine Biographie hat alles wieder über den Haufen geworfen. – Allein dieser Quatsch mit dem arisch. Vor Wut habe ich völlig falsch reagiert: So genau hätte ich es gar nicht wissen wollen.

Unglaublich, wie er sich aufgeführt hat. Einige Passagiere vor uns haben sich umgedreht. Ich habe mich tief in den Sitz verkrochen. Mich interessiere wohl nur mein eigener Kram, aber auch andere hätten Probleme, er habe seinen toten Vater und seine schwerkranke Mutter nämlich sehr gern gehabt, falls ich verstünde, was das heiße.

Stakkatoartig, sehr laut, peinlich und ärgerlich. Und das im Flugzeug, vor allen anderen. Danach absolute Ruhe.

Diese Youngsters! Entweder blocken sie total ab, oder sie kippen einem ihren Seelenmief vor die Füße. Auch Georg hat solche Tendenzen. Vielleicht sehe ich sie ihm wegen seines Handikaps zu oft nach. Daniels hohes Lied auf seine Eltern ist allerdings etwas Besonderes gewesen.

Wahrscheinlich habe ich deshalb gemeint, ich müsse doch irgendwie freundlich zu ihm sein, und es noch einmal versucht. Schließlich kann er nichts dafür, daß du –

Ich habe ihm erklärt, seine Mutter hinge sicherlich auch sehr an ihm, ich jedenfalls liebte meinen Sohn über alles und sei gerade auf dem Weg zu seiner Hochzeit. Heute, in St. Peter in Zürich, heirate er, seine Braut sei Schweizerin.

Wenigstens eine frohe Botschaft an diesem trüben Morgen, habe ich gedacht. Und er? Mütter sind immer unterwegs zu ihren Kindern. Dann hat er eine Zeitung aus der Manteltasche gezogen und angefangen zu lesen. Ende.

Auch beim Zeitunglesen sah er aus wie du. Und ich habe mich gefragt, kann das sein? Kann ein Sohn von Gerhard Stein auch beim Zeitunglesen aussehen wie der Amerikaner Ray Corner? Natürlich nicht. Kurz vor der Landung hat er sich plötzlich ganz weit über seinen Geigenkasten zu mir herübergebeugt. Wissen Sie was, vielleicht wurde ich sogar adoptiert.

Die Herablassung in seinem Ton war unüberhörbar.

Ja, Ray, so hat sich das damals im Flugzeug abgespielt. Es ist fast ein halbes Jahr her, aber ich weiß es noch genau. Immer noch laufen mir die Bilder nach. Tag und Nacht. Kann das sein?

Völlig ausgehöhlt habe ich mich gefühlt. Leer.

Wollten Sie nicht zu einer Hochzeit? Richtig nötigen wollen hat er mich, aufzustehen, und ich habe versucht, ihn festzuhalten. Ich wollte mich mit ihm treffen, ihn unbedingt wiedersehen. Aber er hat sich an mir vorbei in den Gang gezwängt. Weit vorne im Gedränge habe ich noch einmal den Geigenkasten gesehen.

Wenn ich geahnt hätte, wie schnell –

Eine Stewardeß hat sich meiner angenommen, sie kenne das, auch ihr schliefen beim langen Sitzen immer die Beine ein. Grüezi und Aufwiedersehen! Ich bin als letzte von Bord gegangen.

– Wollten Sie nicht zu einer Hochzeit? –

Ja, ich bin ich eigentlich auf dem Weg zu Georgs Hochzeit gewesen, und sie hat ja auch stattgefunden, wie du weißt. Mit allem Drum und Dran. Aber für mich hat an diesem Tag außerdem ein neues Leben angefangen, lach nicht, Ray, seitdem ist nichts mehr, wie es war.

Vielleicht – hier, sieh ihn dir an! Du kennst ihn nicht, hast du gesagt. Du hättest ihn noch nie gesehen. Stimmt das?

Bist du zu der Zeit schon in Zürich gewesen? Wie bist du geflogen, über Frankfurt oder direkt?

Georg muß sich jedenfalls sicher gewesen sein, daß eine zufällige Begegnung zwischen uns in Kloten ausgeschlossen war.

Hättest du mich erkannt? Ich dich bestimmt. Auf dem Flughafen hätte ich dir vielleicht sogar gleich die Frage nach deinem anderen Sohn gestellt, und ob er nicht eben in der Ankunftshalle an dir vorbeigelaufen sei. Er müßte dir aufgefallen sein. Bei Georg ist das nicht so leicht.

Ich erkenne ihn natürlich schon von weitem. Sein gutmütiges rundes Gesicht, die dicke Hornbrille, das blonde, etwas schüttere Haar – ein durch und durch sympathischer junger Mann, aber im Vergleich zu ihm völlig unattraktiv. Eigentlich hatte ich mir zwischen Gangway und Halle geschworen, keinen Vergleich zu ziehen. Denn für das Defizit kann nur ich verantwortlich sein. Bei der anderen ist doch was ziemlich Hübsches rausgekommen –

Nicht daran denken.

Es ist Georgs Vorschlag gewesen, mich mit dem Taxi in Kloten abzuholen. Drei Stunden vor der Hochzeit gebe es für ihn nichts mehr zu tun, und außerdem wolle er mir noch etwas Wichtiges mitteilen. Ja, mitteilen, hatte er gesagt.

Daß Luzzy schwanger sein könnte, hatte ich von vornherein ausgeschlossen. Wie du ja gesehen hast, gehört sie nicht zu der Sorte Frauen, die nur heiraten, um Kinder zu kriegen. Sie läßt sich Zeit. Und spielt Klavier. So hat Georg sie mir im vergangenen Sommer vorgestellt, richtig stolz. Ich mag sie. Daß er so eine Frau gefunden hat, war alles andere als selbstverständlich, er hat sich überall hart durchbeißen müssen. Wenn man so aussieht wie du –

Wir müssen ausgesehen haben wie ein Paar. Richtig glücklich ist er gewesen, mich zu sehen, das habe ich gespürt. Ein Kompliment nach dem anderen hat er mir gemacht. Lach nicht, Halbblinde haben eben ihre Art, andere wahrzunehmen. Und es hat mir außerordentlich gutgetan. Anscheinend hat er mir nicht angesehen, in was für einem Zustand ich war. Eingehakt sind wir zum Taxistand gegangen.

Eigentlich sind wir von Anfang an wunderbar miteinander ausgekommen – die ersten zwei, drei Tage nach einem Kaiserschnitt zählen nicht. Warum habt ihr das so aufgebauscht? Wochenbettpsychose? Unsinn. Ich habe einfach nur ein bißchen Zeit gebraucht. Stell dir mal ganz konkret vor, wie das ist, wenn man dir den Bauch aufgeschnitten hat.

Immerhin weiß ich jetzt wieder ihren Namen.

Eigentlich hat Georgs kleiner Schönheitsfehler unsere Beziehung sogar gestärkt. Sollten die anderen mit ihren niedlichen Kindern doch sehen, wo sie abblieben. Die haben mich überhaupt nicht interessiert. Georg und ich gegen den Rest der Welt. Sämtliche Pubertätsstürme haben wir gemeinsam durchgestanden.

Im Taxi hat er sich übers Heiraten beklagt, von A bis Z. Er hat sich alles ein bißchen anders vorgestellt, vor allem mit Luzzys Eltern. Am Vorabend der erste handfeste Krach. Das ungute Gefühl, überflüssig zu sein. Vielleicht war das alles auch nur Taktik, jedenfalls bin ich gerade mit ›Ohne Bräutigam gibt's auch keine Braut‹ beschäftigt gewesen, als der schöne Satz fiel: Übrigens, Ray kommt auch. Ganz offen, ohne Arg hat er mich dabei aus seinen hellen, hinter den dicken Brillengläsern winzigen Augen angesehen.

Dieser Satz! Wie ein Stein ist er in mich hineingefallen. Ich hätte heulen können. Du hast ja gewußt, was auf dich zukam. Aber ich? Ich bin völlig ahnungslos gewesen.

– Übrigens, Ray kommt auch! –

Mein einziger Gedanke: Zurück. Ich habe ihn gebeten umzukehren, aber er hat nicht reagiert. Stell dir vor: In dem Augenblick, in dem es mir am wenigsten paßte, ist Georg erwachsen geworden. Er hat einfach weitergeredet. Es sei gar nicht so leicht gewesen, deine Adresse herauszubekommen.

Aber zum Glück – in Kalifornien! Ray Corner, *die* Überraschung für alle. Besonders Luzzy ist wahnsinnig neugierig auf dich gewesen, vor allem auf eure Ähnlichkeit.

All die Jahre hindurch hatte ich das Thema gemieden – und plötzlich hatte ich den Salat! Eure Ähnlichkeit. Die kann man wirklich erst auf den zweiten oder dritten Blick sehen, und auf Fotos so gut wie gar nicht. Deshalb habe ich sie alle vernichtet. Du warst weg, ich bin mir ganz sicher gewesen, daß ihr euch nie wiedersehen würdet.

Was hat mein Leben noch mit dir zu tun? Nichts, überhaupt nichts! Und seines? – Wenn sie nun alles leugnet? Ich werde mich bemühen, ganz behutsam zu sein.

Nur aus Notwehr habe ich ihn belogen. Drei Stunden vor seiner Hochzeit zum ersten Mal. Er sehe eher aus wie *mein* Vater. Gemein? Was hätte ich denn tun sollen? Ich wollte ihn nicht ins Messer laufen lassen, wenn er dich sah.

Den hätte ich doch gar nicht gekannt. Aber meine Mutter habe mir oft von ihm erzählt und auch Fotos gezeigt. Noch heute tut es mir in der Seele weh, wenn ich an dieses Gespräch im Taxi denke, weil es genau umgekehrt war.

Meine Mutter hatte ihren wenige Tage vor Kriegsende in Italien gefallenen SS-Offizier völlig verdrängt und nur über ihn geredet, wenn jemand auf seine Kurzsichtigkeit zu sprechen gekommen war. Mit *den* Augen hätte er bei den Nazis doch nichts werden können. Du weißt ja, wie sie versucht hat, seine dann gar nicht mehr rühmliche Karriere herunterzuspielen. Kunstinteressiert sei er gewesen, auf Goethes Spuren gereist. Und das im Krieg! Kannst du dich erinnern, daß ich sie immer gebeten habe aufzuhören, wenn sie uns mit dieser Platte kam?

Das mit meinem Namen glaube ich ihr. Wenige Tage vor seinem Tod hat er ihn für seine schwangere Frau auf einem Zettel notiert – Caecilie, eine römische Heilige, die von *den Blinden* abstammt. Ich habe keine Ahnung, was für ein Mensch mein Vater wirklich war, und ich möchte ihm auch nicht Unrecht tun, aber seiner Tochter so einen Namen – ich weiß nicht.

Wie sind wir eigentlich auf Georg gekommen, war das ihre Idee?

Wie oft habe ich versucht, dich wegen seiner Kurzsichtigkeit zu beruhigen, du weißt doch, es liegt an Vater, nicht an uns.

Handfest gestritten haben Georg und ich. Der irritierte Blick des Taxifahrers in den Rückspiegel hat mich nicht davon abhalten können. Eine regelrechte Lektion habe ich unserem Sohn erteilt. Über

Hinterbliebene und Zurückbleibende. Weil er so frech war zu behaupten, da hätte ich ihm von dir ja eine ganze Menge vorenthalten. Er solle sich mal klarmachen, was für ein himmelweiter Unterschied es sei, ob jemand im Krieg falle oder plötzlich, mitten im schönsten Frieden, aus einem harmonischen Familienleben abhaue.

– Tut mir leid, Caecilie, aber –

Klar, es ist nicht der Ort und auch nicht die Stunde für eine derartige Auseinandersetzung gewesen. Aber dich einzuladen, ohne mich zu fragen? Ob ich es ihm verboten hätte? Was denn sonst! Aber er wollte dich unbedingt sehen. Auch Luzzys Therapeutin habe gesagt –

Luzzys Therapeutin! Freud, Jung und alle Heiligen, helft! Ganz klar, ein Kind muß seinen Vater sehen, und wenn es erst auf der eigenen Hochzeit ist. Vielleicht habe ich wirklich alles falsch gemacht.

Und du? Hast du dir jemals die Frage gestellt, was wohl aus deinem Sohn geworden ist?

Georg und ich hatten immer Zaubersprüche und kleine Geschichten, für Notfälle. Das hat uns auch im Taxi von Kloten nach Zürich gerettet.

Als er etwa zehn war, hat mir bei einem Elbspaziergang ein Hund in die Wade gezwickt, und während ich weinend auf einem Stein hockte, hat er sich auf einmal zu mir gebeugt – Strand, Gras, Wasser und Wind, sonst nichts, kein Laden weit und breit – und mich gefragt: Soll ich dir Pralinen kaufen? Plötzlich war alles vergessen. Einmal in seinem Kinderleben ist unser kleiner Georg Held gewesen.

– Soll ich dir Pralinen kaufen? – Der Taxifahrer hat heftig mit den Lidern gezuckt, und später, im Hotel, als ich Georg darum bat zusammenzuhalten, komme was wolle, hat er lachend gesagt: Mütter und Söhne, das ist auch so ein Kapitel.

Ich habe dich nicht danach gefragt, wo du abgestiegen bist. Wozu auch? Ich wäre dir in dieser Hochzeitsnacht nicht nachgegangen. Ich bin nur froh gewesen, dich wieder los zu sein.

Väter, Mütter und Söhne, auch so ein Kapitel. Wie wahr. Und obendrein die Hochzeit. Allein diese rosafarbene, stuckverzierte Barockhalle, voll besetzt mit mindestens zweihundert jungen Leuten. Seidenkrawatten, Lackschuhe, Perlenketten. Phänomenal! Und Luzzy war wirklich reizend. Ein bißchen so rot wie Blut, so weiß wie Schnee, so schwarz wie Ebenholz. Lach nicht, ich liebe dieses Märchen. Daß Georg dir auch als Bräutigam nicht gefallen konnte, ist mir klar. Ich gebe zu, er hat nicht gerade vorteilhaft ausgesehen.

Wäre dir Daniel lieber gewesen, der hübsche Virtuose? Hier, sieh ihn dir genau an. Ganz Salzburg liegt ihm zu Füßen. Du kennst ihn nicht? Wer zu kleinen Mädchen geht, kümmert sich nicht um die Folgen, klar. Das wäre zu viel verlangt. Ja, Ray, ich bin inzwischen gut informiert. Ich weiß, wie bekleckert deine schöne Weste von hinten ist. Die Gärtnersfrau hat ausgesagt. Karola hat sie im Krankenhaus besucht.

Trotzdem bin ich stolz auf Georg. Das laß ich mir nicht nehmen. Familie Buerli, Textilfabrikanten am Zürichsee, die crème de la crème, was willst du mehr? In der Kirche ist er lediglich ein bißchen überfordert gewesen, fremde Umgebungen verunsichern ihn.

– Mütter und Söhne, das ist auch so ein Kapitel. –

Nicht einmal bei seiner Hochzeit hast du es geschafft, pünktlich zu sein. Was hat er für einen Aufstand gemacht, um den Beginn herauszuzögern. Ohne Erfolg. Genau auf den Glockenschlag der großen Uhr haben sie angefangen. Als du dich plötzlich neben mich auf die Bank geschoben hast, habe ich wieder gedacht: einfach weiteratmen. Ich hätte dir einen Stehplatz gegönnt, aber Luzzys Eltern haben es so gewollt. Scheidung hin, Scheidung her, beim Hochzeitmachen geht's um die Fassade, den Platz neben mir hatten sie für dich reserviert. Nur Georg zuliebe habe ich alles mitgemacht, ist das klar? Du kannst Gift darauf nehmen, daß sich Luzzys Mutter an meiner Stelle nicht neben ihren Gatten gesetzt hätte. Aber Schwamm drüber!

Ja, du hast phantastisch ausgesehen. Gebe ich zu. Etwas voller und weißhaarig, bei dir kein Problem. Wie sie auf dich geflogen sind! Endlich das, worauf sie die ganze Zeit gewartet hatten, was an Georg und mir vermißt worden war – der Seitenblick von Luzzys Mutter vor der Kirche ist eindeutig gewesen. Frauen können wirklich Hyänen sein.

Von der Treue bis in den Tod – endlos, diese Predigt, der ganze alte Zopf. Wenn ich heute daran denke, frage ich mich, ob das alles ernst gemeint war. Blumenmeer, Pfarrer, Kanzel und Kirche, aber kein Altar. Das sah doch aus wie bei Sprüngli. Aber die beiden haben es so gewollt. Diese Generation ist wirklich unberechenbar.

Nie hätte ich angenommen, daß wir uns jemals wiedersehen, Ray!

– Tut mir leid Caecilie, aber – alles Gute! –

Und dann ausgerechnet in der Kirche. Ich habe an unsere Hochzeit gedacht, 1967. Nahtstrümpfe, enger Rock, dicker Bauch, weiße Bluse. Standesamt, anschließend Party auf dem kleinen Balkon unserer ersten eigenen Wohnung. Kartoffelsalat auf Papptellern, Bier und Cola. Und nachts die Spuckerei. Weißt du noch, wie du, das Ohr an meinem Bauch, Georgs Herztöne kontrolliert und ganz leise mit ihm geredet hast? Ganz ruhig, Baby, es ist nichts passiert, wir haben nur gerade geheiratet und anschließend ein bißchen zu viel gefuttert. Ja, während der Schwangerschaft bist du wirklich ein reizender Vater gewesen.

Ein Glück, daß wir uns wenigstens keine Hausgeburt haben aufschwatzen lassen. Das wäre schiefgegangen. Lassen Sie sich Zeit, hat sie gesagt, bei studierten Frauen entwickelt sich die Mutterliebe über den Kopf und nicht über den Bauch. Ich habe ihr viel zu verdanken.

Kannst du dich noch an das große schwarze Schild über der Kanzel erinnern mit der weißen Schnörkelschrift, »Du solst anbätten den Herren, deinen Gott und ihm allein dienen«. Und das direkt über dem rundlichen Gesicht des Pfarrers! Ich habe es mir gemerkt – für Notfälle.

Als der Pfarrer dem Brautpaar das Zeichen gab, aufzustehen, auf der Empore die Geige. Ich habe mich nicht umdrehen müssen, sofort habe ich gewußt, daß er es war.

Den Mantelkragen hochgestellt, den Kopf zwischen die Schultern gezogen, den Geigenkasten unter dem Arm. – Wollten Sie nicht zu einer Hochzeit? –

Über eine Stunde lang hat er im Flugzeug neben mir gesessen, sich alles angehört und nichts dazu gesagt. Nicht die leiseste Andeutung. Geradezu mißbraucht habe ich mich gefühlt. Noch hatte ich ja keine Ahnung, daß er außerdem, ja, warum nicht, Georgs Rivale war.

Zu kompliziert? Das Eigentliche kommt erst noch, Ray Corner, warten wir's ab. Wenn ich an Gott glauben würde, würde ich ihn darum bitten, daß es nicht wahr ist! Es darf einfach nicht wahr sein!

Mir hat sein Spiel nicht gefallen. Zu viel Vibrato, für meinen Geschmack. Viel zu viel für dieses Mozart-Adagio. Ich gehe jetzt oft in Konzerte, ich muß begreifen, warum alle so fasziniert von ihm sind.

Luzzys Mutter war bestens informiert. Daniel Stein, ein Studienfreund von Luzzy. Nur zum Spielen sei er gekommen und anschließend gleich wieder abgereist. Eigentlich schade, außer dem Pfarrer habe ihn niemand gesehen. Karrierestart, ganz Hamburg spreche schon von ihm.

Und seit ein paar Tagen die halbe Welt.

»Vom Talent zum Star! Ein junger Hamburger erobert die Herzen des Salzburger Publikums.«

Zwei Blumen streuende Kinder, der Pfarrer, das Paar, und dann wir. Ein feierlicher Zug, der gemessenen Schrittes unter dem großen Leuchter hindurch aus der Kirche zog. Und dazu von oben Mozart – ganz große Oper.

Und du: Könntest du nicht wenigstens einmal lächeln, Darling? Wir sind doch nicht auf einer Beerdigung. Nicht einmal richtig begrüßt hast du mich, mir nur von der Seite auf die Schulter getippt. Ich: Vielleicht liegt es an dir? Du: Kann ich mir kaum vorstellen, dann wohl eher an der Musik, so etwas spielt man bei uns nur noch im Krematorium. Und als wir auf den hellen Kirchplatz traten, hast du noch gemeint: Ein Prachtstück ist ja nicht gerade aus ihm geworden, verstehst du, warum sie ihn genommen hat?

Ich hätte dich erwürgen können.

Jahrzehntelang kümmerst du dich nicht um deinen Sohn, dann kommst du zu seiner Hochzeit, stellst dich vor die Kirche und verspottest ihn. Tausendmal hättest du ihn besuchen können. Vielleicht hätte es abgefärbt, vielleicht wäre er dann selbstbewußter geworden, charmant und arrogant. So wie du. Wie hat Daniel das eigentlich geschafft? Er hat dich doch nie gesehen. Ja, auf dem Kirchplatz hätte ich dich erwürgen können. Und noch etwas. Umwerfend glücklich bin ich gewesen, daß Georg so wenig Ähnlichkeit mit dir hat.

Frühlingssonne und Glockenläuten, Umarmungen, Küsse, Taschentücher. Georg hat sich tapfer gehalten. Ob er sich an dich erinnert hat? An irgendeine Kleinigkeit? Ich habe ihn nicht gefragt.

Aber es könnte doch sein, er war schließlich kein Baby mehr, als du gegangen bist, er war immerhin fünf. Ihr habt schon Fußball miteinander gespielt. Hey boy, da liegt der Ball! Er packt's einfach nicht, gibt es denn nirgendwo auf der Welt einen Arzt, der unserem Sohn helfen kann? Ich häng mich auf, er tritt immer daneben!

– Grüß den Kleinen, und alles Gute! –

Luzzys Reaktion war bestimmt nach deinem Geschmack. Schön, wie sie dir um den Hals gefallen ist. Und die Eltern? Grüezi, Herr Corner! In ihrer Mitte haben sie dich zum See hinunter in den *Storchen* geschleppt.

Daniel hat wohl den Seitenausgang genommen. Er ist jedenfalls weg gewesen, als ich noch einmal die Kirche betrat. Und dann bin ich euch gefolgt – schrecklich. Immerhin hatte ich gerade begriffen, daß mein Exmann zu Ehezeiten fremdgegangen und sein zweiter Sohn ein hübscher Geiger ist. Nicht schlecht, oder? Aber du kannst dich nicht beklagen, ich habe die Rolle der glücklichen Schwiegermama brav zu Ende gespielt. Alles war doch schon so lange her, in was für Zeiten leben wir denn? Danach kräht schon lange kein Hahn mehr. Wegen so einer Kleinigkeit verdirbt man einer Familie Buerli nicht das schöne Hochzeitsarrangement der einzigen Tochter.

Allein die Tischdekoration. Nein, wir wollen ihnen nichts vorwerfen, sie haben nicht gespart. Vier Gänge, Wein vom Besten. Und beim Dessertbuffet sind alle guten Vorsätze der Enthaltsamkeit flötengegangen. Was da, auch gerade von den Frauen in meinem Alter auf die Teller geschaufelt worden ist, unglaublich!

Reden, selbstverfaßte Gedichte, Lieder. Hast du überhaupt was verstanden? Für mich waren die schweizerdeutschen Pointen eigentlich nur am Lachen und Klatschen der anderen erkennbar. Das eigenartige Gefühl, eher Zaungast einer geschlossenen Gesellschaft zu sein, hat mir fast die Kehle zugeschnürt. In der *Storchen*-Nacht habe ich Georgs Bedrückung verstanden.

Kein einziges Mal ist mir ein Blickkontakt mit ihm geglückt. Irgendwie hat er mir leid getan. Merkwürdig, nicht wahr? Auf seiner Hochzeit hat mir mein Sohn leid getan. Und dann dieser dämliche Sketch. Wer kommt denn auf so was, einem Halbblinden die Brille von der Nase zu nehmen und ihn dann aufzufordern, seine Braut unter drei jungen Damen durch Betasten zu erraten. Geradezu beleidigend.

Als du Grimassen schneidend und mit wilden Bewegungen auf diesen jungen Mann, der Georgs Brille eingesteckt hatte, zugetanzt bist, hätte ich mich fast wieder in dich verliebt. Ja, Ray, als Clown habe ich dich gemocht. Wie bist du auf diese irre Idee gekommen? Der Junge hat sich ganz schön erschrocken und gleich die Beute rausgerückt. So etwas hat in Zürich bestimmt noch niemand gesehen. Bei mir bist du schön, für einen Dollar zehn. So hast du das Brautpaar vor dir her zur Tür hinaus geschoben. Applaus! Ein reizender Mann! Du Idiot, Luzzys Mutter ist ganz außer sich gewesen vor Entzücken. Schade, daß es nicht gehalten hat. Ja, wirklich sehr schade. In dem Moment habe ich gedacht, vielleicht hat sie ja recht. Aber was soll's, wie man sieht, gehen eben auch die Ehen reizender Männer kaputt – wahrscheinlich liegt es an den Frauen.

Bist du wirklich nur abgehauen, weil du gedacht hast, ich drehe durch? Manchmal fürchte ich –

Ganz im Vertrauen, sozusagen von Frau zu Frau, habe ich erfahren, daß Daniel auch einmal in Luzzy verliebt war. Ach ja. Aber selbstverständlich habe Georg das Rennen gemacht. Wieso eigentlich? Ja, das habe ich mich tatsächlich gefragt.

Hatte mich dein ekelhafter Zynismus angesteckt? Wenn du sie sehen könntest, die beiden, ein reizendes Paar, immer noch verliebt bis über vier Ohren. Jeden Wunsch liest er ihr von den Lippen ab. Kaum sind sie von der Hochzeitsreise zurück gewesen, hat er ihr einen Flügel aufstellen lassen.

Es würde mich nicht wundern, wenn er ihr demnächst ein Musikzimmer anbaut.

Wäre dir Daniel als Bräutigam lieber gewesen? Selbst der Textilfabrikant vom Zürichsee hat doch seinen Frieden mit Georg gemacht. Laut und betont hochdeutsch hat er mir während des obligatorischen Walzers die restlose Billigung der Wahl seiner Tochter kundgetan. Small talk, vom Feinsten. Er kommt demnächst nach Hamburg, um sich die Eisbären auf dem Jungfernstieg anzusehen. Ein halbes Jahr zuvor hätte er es sich noch nicht träumen lassen, seine einzige Tochter für immer an den Nordpol zu verlieren. Aber was solle er machen, die beiden seien glücklich. Er ist fest überzeugt davon, daß die Ehe halten wird.

Ich auch.

Ich habe mich wirklich bemüht, aber auch mit ihm ist es mißglückt. Flirten ist nicht meine Sache. Vielleicht war es das, was dir gefehlt hat, unkomplizierte Lockerheit. Aber kaum habe ich mal die Augen verdreht, bist du schon abgehauen. Hast du dir mal überlegt, was dir lieber gewesen wäre – Affären oder Küchenschürzen?

Um dich haben sich alle gleich wieder gerissen, nicht nur die jungen Damen. Ich muß schon sagen, Luzzys Mutter – jedenfalls habe ich euch immer wieder gemeinsam auf der Tanzfläche gesehen. Ray

Corner, der Mann, nach dem sich alle Frauen die Hälse verdrehen wie die Gänse.

Weißt du, wo das Brautpaar abgeblieben war? Ich wette, Herr Buerli hat ihnen eine Suite in einem der großen Hotels reserviert, um wenigstens auf die Weise an der Hochzeitsnacht seiner einzigen Tochter beteiligt zu sein. Ist ja auch nicht so einfach, sein einziges Kind an einen Jungen aus Deutschland zu verlieren. Darüber hast du dir natürlich nie Gedanken gemacht.

Mein Entschluß, dich noch in derselben Nacht zur Rede zu stellen, ist ganz spontan gewesen. Wenigstens einmal wollte ich es dir ins Gesicht sagen, was du seit dem Morgen für mich warst: ein Schwein. Nur als Fassade hast du mich benutzt, zum Karrieremachen, und dir einen Hinterausgang für deine Eskapaden freigehalten. Stimmt doch, oder?

– Unter dem hat doch immer schon eine andere gelegen –, hat Silke gesagt. Alle haben mir Nachhilfe über dich erteilt. Muß ich blind gewesen sein! Doch wer weiß, wie die Welt morgen aussieht. Vielleicht schreibe ich dir irgendwann mal einen langen Brief.

Natürlich war das, was du dir vorgenommen hattest, ein Gegenprogramm. Sportladen, Haus, Familie, Geld – überhaupt Wohlstand. Völlig absurd in der Zeit. Klar, man kann zuviel kriegen, wenn man sieht, was aus den Gesinnungsgenossen der Matratzenlager geworden ist.

Aber auch wir sind verlorengegangen, Ray. Ob man ein- oder aussteigt, ist schließlich alles nur eine Sache der Perspektive. Auch wir leben anders als damals propagiert, ob nun in Kalifornien oder in Hamburg. Sportzentren, Fitneß für alle. Wunderbar! Klingt fast wie Volksfürsorge. Daß ich nicht lache. Umsonst wirst du es auch nicht gemacht haben.

Ich weiß. *Ray's Corner* ist von Anfang an ein Selbstläufer gewesen, es hat keiner besonderen kaufmännischen Fähigkeiten bedurft, um daraus eine Goldgrube zu machen. Nicht nur die Hippies haben sich auf die Socken gemacht. *Ray's Corner* hat die Leute angelockt, die vieles satt hatten, deswegen aber nicht gleich um sich schießen wollten. Romantische Abenteurer. Ziemlich harmloses Zeug, was wir damals angeboten haben. Heute finden harte Jungs und Globetrotter bei uns alles, was ihnen ermöglicht, Extrem-Situationen durchzustehen. Ein angeknackstes Selbstwertgefühl pendelt sich eben am schnellsten im Tiefseetaucheranzug oder unterm Tropenhelm wieder ein – so gesehen leistet auch unser Laden einen gesundheitspolitischen Beitrag.

Eigentlich erstaunlich, daß du meiner Bitte, mich ins Hotel zu begleiten, sofort entsprochen und dich sogar zu mir nach hinten ins Taxi gesetzt hast. Ein freundlicher Junge, der einem den Arm um die Schulter legt.

Wenn du so weitermachst, schickt dir Luzzys Mutter morgen per e-mail einen Heiratsantrag. Immer noch der kleine Anstandswauwau? Richtig komisch, diese Frage mit deinem Akzent. Bis zum nächsten Morgen hätten wir so weiter reden können. Aber ich hatte keine Lust mehr, Ray, ich mußte endlich Klarheit haben.

– Mütter sind immer unterwegs zu ihren Kindern. –

War ich zu schnell? Ach, Unsinn. Immer diese alten Muster. Ich bin fix und fertig gewesen, und da auch du nicht vorhattest, noch einen weiteren Tag in Zürich zu bleiben, war es mein gutes Recht, dich endlich zu stellen.

Hast du den Geiger gesehen, den aus dem Zukkerbäckerkrematorium? Er ist dein Sohn.

Typisch deine Reaktion, Kreuzworträtsellösen mag ich nicht, Darling! ob du wohl so nett sein würdest –

Ja, ich bin so nett gewesen, Ray Corner, viel zu nett.

Ich muß mit ihr reden!

Die Hotelbar war dein Vorschlag, ich weiß, und deine Art, im Vorbeigehen am Tresen eine Flasche Champagner für den hintersten Tisch zu bestellen, beeindruckend. Wir haben noch nicht gesessen, da waren die Gläser bereits eingeschenkt. Wie zwei Deckel habe ich meine Hände über sie gelegt. Was fällt dir ein!, Laß, mein Leben steht auf dem Spiel!, Mach mich nicht ängstlich, Baby! Ich habe unbedingt verhindern wollen, daß du weitertrinkst, und sei es nur einen einzigen Schluck.

Ein paar Gläser Alkohol, und die Welt geht einen nichts mehr an, die Probleme versickern. Warum denke ich eigentlich so viel über alles nach, überall auf der Welt geht ein Leben schief, warum sollte es bei uns anders sein? Gestern bin ich fast so weit gewesen. Einfach die Zeitung wegwerfen, eine Flasche aufmachen und den Schalter im Kopf ausknipsen. Schluß.

Aber so geht's doch nicht. Irgendwas ist faul.

Zu blöd, dir in der kleinen, dezent beleuchteten Hotelbar alles vor die Füße zu kotzen. Die Verzweiflung, die Gekränktheit, den Frust all der Jahre. Unpassend in dem Geflüster der Verliebten um uns herum. Aber ich bin am Ende gewesen, Ray, sonst hätte ich auch nicht vor dir geweint.

Nicht uninteressant, deine Theorie, Baby, nicht uninteressant.

Ich war davon ausgegangen, daß du dich rechtfertigen würdest, aber statt dessen? Allein das Wort Theorie hat mich rasend gemacht.

Es gibt keinen Zweifel, er ist dein Sohn! Auch Luzzy hat eure Ähnlichkeit sofort bemerkt. Aber an das Kapitel rühre ich lieber nicht mehr. Beim Sortieren der Hochzeitsfotos sind wir darauf gekommen. Schrecklich! Vermintes Gebiet zwischen den jungen Leuten.

Aber so cool, wie es zunächst schien, bist du doch nicht gewesen, Ray Corner. Die Vorstellung, noch einen Sohn zu haben, hat dir zu schaffen gemacht. Ich hör's noch ganz genau: Das eigentliche Problem liegt woanders, wenn deine Theorie stimmt, bin nämlich ich der Betrogene. Du gestattest? Rasch hast du meine Hand von einem der Gläser genommen und es in einem Zug geleert.

Wirklich erstaunlich formuliert von einem Amerikaner, der schon so viele Jahre nicht mehr in Deutschland war. Und auch deine anschließende Erklärung auf meine ehrliche Äußerung, jetzt verstünde ich überhaupt nichts mehr, war druckreif. Wenn der Geiger mein Küken ist, hat eins der Hühner von damals ein Ei von mir gelegt, ohne es mir zu gackern. No comment. Immerhin bist du plötzlich nicht mehr ganz sicher gewesen. Ein bißchen habe ich dich doch beim Schlips gekriegt.

Die Vorstellung allerdings, die andere könne damals, nur um dir eins auszuwischen, das Kind bekommen und dann zu Adoption freigegeben haben – ziemlich happig, mein Lieber, wenn nicht pervers. Was bildest du dir eigentlich ein? Auftauchen, hallo sagen, die Frauen verrückt machen und wieder gehen, ohne dich noch einmal umzudrehen. Ohne dich darum zu kümmern, was möglicherweise dabei herausgekommen ist.

Ich habe mir in dem Augenblick wirklich keinen größeren Idioten vorstellen können als dich. Am liebsten hätte ich dir mein Glas ins Gesicht geschüttet, aber statt dessen habe ich es selbst getrunken. Ja, es war dumm von mir, ich habe mich verschluckt, und es ist mir auch sonst nicht bekommen. In meinem Hotelbett habe ich kein Auge zugetan. Ich habe das Huhn von damals gesucht. Erbarmungslos. So konkret wie möglich viele Situationen noch einmal durchgemacht, umgekrempelt, Gesichter und Namen Revue passieren lassen. Um vielleicht auf Indizien zu stoßen, die in den Zusammenhang mit der Geburt eines Kindes und seiner Freigabe zur Adoption zu bringen waren – egal aus welchen Gründen. Eine richtige Liste habe ich angelegt, drei von zunächst neun Namen sind übriggeblieben. Über einen sind wir uns einig gewesen. – Bei der Kleinen hast du dich wohl sicher gefühlt.

Warst du nun, oder warst du nicht? Wochenlang bin ich nur mit dieser einen Frage herumgerannt. Wir hatten damals doch alles anders machen wollen, nicht nur in Hinblick auf die Geschäftsgründung. An der Uni flogen die Eier, die Eltern waren an allem schuld. Mit ihrem Geld in der Tasche ist es einfach gewesen, gegen den Kapitalismus zu sein. Wohngemeinschaften, freie Liebe, Demo, dieses ganze dumme Zeug, nur um auf Teufelkommraus anders als die Alten zu sein.

Und wir beiden komischen Vögel? Wir hatten plötzlich die Nase voll von dem Chaos, den immer von Freunden der Freunde besetzten Betten, der Sauküche und dem immer leergeräumten Kühlschrank. Miteinanderfüreinander, daß ich nicht lache! Jeder nahm, wo er konnte, das war's.

Wir haben uns eine Dreizimmerwohnung gesucht, geheiratet und unser Kind gekriegt, ganz bürgerlich, ganz brav, und später dieses Haus gekauft. Nestbau, Familie, Glück. Rückfall ins Mittelalter. Unsere Freunde waren wir los.

Dein Vater hat dich auf den Laden gebracht, oder? Er ist das einzig Richtige für dich gewesen. Und jetzt hat ihn dein Sohn übernommen. Ja, ich liebe Georg über alles. Ein Leben ohne ihn wäre für mich undenkbar.

In New York wäre sie mir eingegangen, und ihr

werdet schon dafür sorgen, daß ihr hier nichts mehr passiert, hat dein Vater immer gesagt, wenn ich ihm, studentenbewegt, wie ich damals war, Vorwürfe gemacht hatte, mit seiner jüdischen Frau in das gottverdammte, nach wie vor braune Deutschland zurückgegangen zu sein. Ich solle mich nicht beschweren, denn wenn er nicht den Sprung in die alte Welt gewagt hätte, hätte ich dich nie kennengelernt, und Georg wäre nie geboren worden.

Was haben wir diskutiert und gestritten! Dein Vater hatte ja recht. Mein Tick, die braunen Deutschen. Gottlob sind ja nicht alle Nazis gewesen, nur weil mein Vater SS-Offizier war.

Aber dein selbstgeschaffener Himmel ist dir eines Tages anscheinend nicht mehr geheuer gewesen.

– Tut mir leid, Caecilie, aber –

Silke hat mich als erstes gefragt, wo denn mein Kerl aus Hollywood geblieben sei. Immer diese Klischees! Alle Deutschen sind Nazis, und alle Amerikaner stammen aus Texas oder Hollywood, kauen Kaugummi und haben große Hüte auf dem Kopf. So ein Quatsch. Im Seminar habe ich die anderen gefragt, wie ihr Haß auf die Amis eigentlich mit Jeans und Cola-Dosen in Einklang zu bringen sei. Hast du das kapiert? Das einzige, was ich begriffen habe, war, daß politische Überzeugungen in

Anbetracht persönlicher Verhältnisse zu differenzieren sind. Karola, die erste auf meiner Liste, hat gemeint, ich hätte den Traum *gelebt*, den sie und die anderen damals nicht einmal zu *träumen* gewagt hätten. Heller Wahnsinn, in der Zeit einen Ami –

Und dann diese dämliche Geschichte mit Hans. Wer weiß, vielleicht war die Lust auf Abenteuer, die der Laden suggerierte, auf mich übergeschwappt. Drei Tage warst du weg, drei Tage ist er geblieben, und wenn er am Ende gesagt hätte, Komm mit!, wäre ich mitgegangen. Einfach so, ohne zu überlegen. Aber statt dessen? Nichts. Nicht *einmal* ist er in mein Zimmer gekommen. Ja, Ray, genau so ist es gewesen, genau so und kein bißchen anders. Aber egal. An mir hat es nicht gelegen, daß es zu nichts gekommen ist, das ist das Entscheidende. Und dennoch hat mir die verpaßte Gelegenheit zu schaffen gemacht. Dreimal verdreht, wie? Aber du bist auch nicht viel besser gewesen. Warum haben wir es uns eigentlich so schwergemacht. Treue, Moral? Ohne sie wäre alles viel leichter gewesen –.

– Hat eins der Hühner von damals ein Ei von mir ausgebrütet, ohne es mir zu gackern. –

Die Vorstellung, einem Sportartikelverkäufer mit einem Schauspieler davonzulaufen, hat doch was. Welche Frau hinge nicht irgendwann einmal solchen Gedanken nach.

Von außen betrachtet: alles prima. Party, Sekt und Häppchen, geschäftlicher Erfolg. Umzug mit dem Laden in die beste Gegend. Davon reden manche im Stadtteil heute noch. Ja, es hat wirklich Spaß gemacht. Georg morgens in den Kindergarten, nachmittags zum Training. Du solltest deinen kleinen Sportsmann haben. Putzen, Kochen, Briefeschreiben, einmal im Monat waren deine Eltern da.

Und plötzlich habe ich es nicht mehr ausgehalten. Eines Abends, als du deine Nachttischlampe löschen und dich zur Wand drehen wolltest, habe ich es dir gesagt. Neugierig amüsiert hast du dich im Bett aufgesetzt. Du und Hans – war's denn nett? Eben nicht, du Idiot!

In der Nacht bin ich allein an die Elbe gerannt. Ein Satz, eine Geste von dir, und alles wäre wieder im Lot gewesen. Aber statt dessen? Du hast keine Ahnung davon gehabt, wie mürbe ich war. Und zwei Wochen später – Tut mir leid, Caecilie, aber ich – und so weiter, und so weiter.

Und in Zürich? – Könntest du nicht wenigstens einmal lächeln, Darling?, Immer noch der kleine Anstandswauwau? Wenn der Geiger mein Küken ist –

Wie gemein das alles war!

Und wenn sie nun wirklich nichts mehr weiß? Noch nicht einmal zwölf! Diese Nacht geht nie zu Ende –

Bevor ich zurückgeflogen bin, habe ich Luzzys Eltern angerufen und mich für das schöne Fest bedankt, und zu Hause ist der ganze Katzenjammer dann richtig losgegangen.

Irgend etwas stimmt nicht, Ray!

Wirklich alles habe ich in Gedanken durchgespielt, mich sogar gefragt, wie Georg möglicherweise auf einen Halbbruder reagieren würde.

Karola. Silke. Gerlinde. In der Reihenfolge.

Früher hat er oft nach Geschwistern gefragt und mich gedrängt, wieder zu heiraten. Aber ich hatte keine Lust mehr. Die Beziehung zu ihm hat mir gereicht. Und jetzt ist er erwachsen und hat eine Frau. Und ich – Trotzdem, ich liebe ihn über alles.

Gleich nach meiner Rückkehr bin ich zum Arzt gegangen und habe mir etwas zur Beruhigung geben lassen, »... wo nehm ich, wenn – « und ähnliches hat nicht mehr gereicht. Daß es einmal so weit mit mir kommen würde, hätte ich nicht gedacht.

Hochzeiten seien Lebenskrisen, hat der Arzt gesagt, für alle. Ich müsse mich daran gewöhnen, daß mein Sohn jetzt – ich werde es packen, in ein paar Wochen –. Den eigentlichen Grund habe ich nicht erwähnt.

Ich habe jetzt viel Zeit. Unser Haus habe ich dem jungen Paar vermacht, seit Mai gehört ihnen der Laden. Ich lebe in einer schönen Wohnung direkt am

Kanal und bin alle Verpflichtungen los. Ich bin gesund, lebe wirtschaftlich in ausgezeichneten Verhältnissen, lese beim Frühstück das Feuilleton, gehe spazieren und denke nach. Als Großmutter werde ich noch lange nicht gebraucht.

Diese Nacht ist wie Blei –.

Aber nur Kultur ist auf Dauer auch langweilig. Frauenclubs? ich weiß nicht. Sport? kommt nicht in Frage, tut mir leid, Ray. Vor ein paar Wochen habe ich sogar eine ehrenamtliche Tätigkeit in der Gemeinde erwogen. Aber da bremst noch irgend etwas. Ich weiß, deiner Meinung nach denke ich zu viel über alles nach. Immer diese deutsche Grübelei.

Luzzy will ihre Musik auf keinen Fall an den Nagel hängen, ein Sportgeschäft liegt ihr nicht. Hört sich doch fabelhaft an, oder? Hat es mir gelegen, damals? Ehrlich gesagt, nein. Aber du hast mich nicht gefragt. Vom Germanistikseminar ins Thermozelt, statt Thomas Mann Wanderkarten für Afghanistan, für dich no problem. Und warum habe ich dein Leben weitergelebt, auch, als du weg warst? Warum habe ich Sportmessen besucht, Ware bestellt, Bilanzen gemacht, gutes Geld verdient, das Haus hergerichtet? Und wieso frage ich mich erst jetzt, ob das richtig war? Ich weiß es nicht.

Übrigens: Daniel scheint als Sohn von Gerhard

und Marliese Stein glücklich zu sein. Die leibliche Verwandtschaft spielt für ihn keine Rolle. Und irgendwie muß ich ihm sogar recht geben. Worauf es ankommt, ist etwas ganz anderes. Außerdem, was kümmert mich ein Sohn von dir, Ray, wenn er nicht meiner ist? –

– Wollen Sie Ihrem Alten nachreichen, vor achtundzwanzig Jahren fremdgegangen zu sein? –

Eigentlich kann es mir völlig egal sein, was du vor achtundzwanzig Jahren neben einem Sportartikelladen und einem harmonischen Familienleben getrieben hast.

Soll ich dir sagen, was mir keine Ruhe läßt, Ray? Die Geige. Ja, die Geige! Sie macht mich geradezu verrückt. Dein anderer Sohn sieht nicht nur außergewöhnlich gut aus, er spielt auch noch – außergewöhnlich gut – Geige. Eifersucht? Genau.

»Vom Talent zum Star!« Sieh ihn dir an, mit seinen dunklen Augen. Ganz Salzburg liegt ihm zu Füßen. Und Georg? Ein liebenswerter, aber gänzlich unbedeutender junger Mann. Sportartikelverkäufer. Mißversteh mich nicht, ich bin stolz auf ihn, und ich liebe ihn. Er hat es trotz Sehbehinderung geschafft. Luzzy ist ein entzückendes Mädchen, die Frage, warum sie ihn genommen hat, stelle ich nicht mehr. Sie liebt ihn immer noch. Dein Zynismus ist absolut fehl am Platz, Ray!

Aber vielleicht wäre auch für ihn noch etwas ganz anderes drin gewesen, vielleicht hätte auch er noch etwas ganz anderes gekonnt. Wieso bin ich nie auf die Idee gekommen? Musik, Theater. Vielleicht hätte ihm das Spaß gemacht. Malerei. Hin und wieder sind wir in die Oper gegangen, aber das hat nicht gereicht. Gerhard und Marliese Stein haben Daniels Begabung anscheinend früh erkannt, ihn gefördert und unterstützt.

Nur, um mir nicht eines Tages Vorwürfe anhören zu müssen, habe ich Georg in deinem Sinne erzogen. Nur deshalb habe ich einen schmächtigen, kurzsichtigen Jungen aufs Elitegymnasium geschickt und ihn von Sportclub zu Sportclub geschleift. Mit sechzehn hat er eins der besten Internate Englands besucht. Ich weiß, was du jetzt denkst. Ist doch okay. Ist doch alles in Ordnung so. Er ist Diplomkaufmann, schmeißt den Laden und kommt mit zwanzig Mitarbeitern zurecht. Außerdem hat er den Sprung in die Gesellschaft geschafft. Was willst du mehr. Nicht jeder ist zum Künstler geboren. Da müssen ganz andere Interessen, vor allem aber Begabungen vorhanden sein. Und wie weckt man die? Wenn du hier in der Zeitung Daniels Biographie lesen würdest, würden vielleicht auch dir endlich die Haare zu Berge stehen. Aufgewachsen unter Behinderten, frühe Teilnahme an musikalischer Förderung der Heiminsassen, erste Auftritte in integrativen Gruppen. Ein Glück, daß die Kleine ihn zur Adoption freigegeben hat, wer weiß, was sonst aus ihm geworden wäre.

Immerhin stammt deine Mutter aus einer bedeutenden jüdischen Musikerfamilie. Wenn dein Vater guter Stimmung war, hat er sie manchmal geneckt, Sing uns was, Darling! Und sie: Jetzt doch nicht mehr, Schatz!

Sportlich ist Georg eine Null geblieben, und geheiratet hat er ein Mädchen von der Musikhochschule und keine aus dem Sportverein. Während des Konzerts »Junge Musiker für junge Lions« hat er sie kennengelernt. Ja, Patriotische Gesellschaft Hamburg. Haben sie dir nicht davon erzählt? Über irgend etwas müßt ihr euch doch unterhalten haben, als du sie aus dem *Storchen* entführt hast. Luzzys Mutter ist ganz grantig gewesen, weil es so lange gedauert hat, bis du zurück warst. Nein, Ray, keine Eifersucht, du kannst ganz beruhigt sein. In Zürich nicht mehr. Wer Daniels Mutter ist, interessiert mich aus einem ganz anderen Grund. Mal ganz primitiv gesagt, weil unser Sohn nicht so hübsch geworden ist und nicht so begabt.

– Bei mir bist du schön! –

Karola, Silke, Gerlinde –.

Silke hast du selbst verdächtigt. So abartig ist meine Phantasie beim Stöbern in der Vergangenheit gar nicht gewesen, die Kleine allerdings hat wirklich jenseits meines Vorstellungsvermögens gelegen. Tut mir leid.

Vielleicht haben wir beide auf das falsche Pferd gesetzt, Ray. Morgen – wenn es doch schon Morgen wäre!

Löcher, unübersehbare Flecken in ihren Biographien haben mich auf diese drei Frauen gebracht. Und natürlich ihre besonderen Beziehungen zu dir.

Silke war wirklich ein schrilles Huhn. Alles, was in der Wohngemeinschaft Hosen trug, hat sie aufgemischt. Auf meiner Liste hat sie aber erst an zweiter Stelle gestanden. Unter Karola. Ja, Karola Kellner, unsere Mitarbeiterin der ersten Stunde, du hast richtig gehört, sie habe ich als erste verdächtigt.

– Mütter sind immer unterwegs zu ihren Kindern. –

Als dritte ist Gerlinde Scholz übriggeblieben, später hieß sie Hufner. Sie hat Kunstgeschichte und Englisch studiert und dann den Professor für Altphilologie geheiratet. Ein sogenanntes stilles Wasser, aber mit Untiefen. Bei ihr sollen, wie ich gehört habe, gerade die besonders treuen Männer schwach geworden sein. Und du hast mir einmal erzählt, daß man neben ihr im Bett tatsächlich nichts anderes als sofort einschlafen könne – solide, wie die sei. In einer Winternacht bist du bei ihr geblieben. Schneesturm in Hamburg. Erinnerst du dich? Der Winter 67/68, in dem ich schwanger geworden bin. Hatten wir das eigentlich geplant? Komisch, daran kann ich mich gar nicht erinnern.

Karola hatte ich selbst angeschleppt, eine Kommilitonin in akuter Geldnot. Sie hat mit angepackt, ohne ständig nach der gesellschaftlichen Relevanz eines solchen Kapitalisten-Schuppens zu fragen. Weißt du noch? Nächtelang habt ihr Regale gebaut, Ware sortiert, Werbezettel entworfen. Witzige Comics. Auf so was wäre ich mit meinem Germanistik-Kopf nie gekommen. Der rasche Erfolg des ersten Ladens ist auch ihr Verdienst gewesen.

Wahrscheinlich habe ich nur meiner Mutter zuliebe zu Ende studiert. Für ein paar Rucksäcke und Schirmmützen habe ich ihre jahrelange Unterstützung nicht einfach in den Wind schreiben wollen.

Weißt du, wann Karola verschwunden ist? Als ich im dritten Monat war. Irgend jemand hat behauptet, sie sei mit ihrem Revolutionär untergetaucht. Daß sie einen Freund hatte, war klar, aber wir haben ihn nie gesehen. Fünf Jahre später, kurz nachdem du weg warst, hat sie plötzlich wieder vor der Tür gestanden und gefragt, ob noch ein Job für sie drin sei

– und ist geblieben. Seit Mai haben sie und Georg Prokura. Ich kann mich auf sie verlassen.

Am ersten Abend nach meiner Rückkehr aus Zürich habe ich sie zum Essen eingeladen, in *Fiedlers Bar*. So schnell wie möglich hatte ich mir über sie klar werden wollen. Und es hat auch geklappt, wenn auch auf völlig andere Weise, als ich es beabsichtigt hatte. »Klaus F. tot. Ein Mörder richtet sich selbst!« Erinnerst du dich? In allen Blättern hat es gestanden, nächtelang haben wir diskutiert über den Asta-Vorsitzenden Klaus, der zum Polizistenmörder und dann zum Selbstmörder geworden ist. Ein Pfadfinder mit dürren Beinen und Klampfe, ein Großstadt-Robin-Hood mit Stoppelbart und funkelnden Augen, wenn es um seine Ideologien ging. Er ist Karolas Freund gewesen. Auf meine Frage, warum sie damals abgehauen sei, hat sie nur gesagt, Weil sich einer umgebracht hat. Kannst du dir vorstellen, wie blöd ich mir vorgekommen bin?

Worum ist es damals eigentlich gegangen? Irgendwo habe ich gelesen, daß eine der Terroristinnen der ersten Stunde gesagt haben soll, sie hätte nur dem lieben Gott Bescheid sagen wollen, daß sie dagegen war. Gegen Ausbeutung, gegen soziale Ungerechtigkeit, egal wo. Das mußt du dir mal vorstellen – eine Ultralinke fühlte sich verantwortlich vor einem lieben Gott.

Ich weiß, ich habe auch keinen Finger gerührt für eine bessere Welt, meine ich jedenfalls. Ich habe an mich, an Georg und an den Laden gedacht. Das war's. War's das? Machen Sportpaläste wirklich Sinn?

Ich weiß, ich sollte nicht immer wieder von vorne anfangen, aber ich sehe ihn immer vor mir. Diesen jungen Mann mit seinem Geigenkasten, den Mantelkragen hochgestellt, den Kopf zwischen die Schultern gezogen. Und ich frage mich, was das soll.

– Sie kennen mich? So berühmt bin ich doch noch gar nicht. –

Irgend etwas stimmt nicht, Ray. Aber ich kann dir nicht sagen, was. Vielleicht bilde ich mir alles ja auch nur ein.

Ich hatte einen Tisch am Fenster reserviert. Wir haben geplaudert. Ich hatte mir vorgenommen, alles ganz locker anzugehen, wie nebenbei, à la Übrigens, Ray war auch da. Karolas einziger Kommentar: Zur Hochzeit des Kronprinzen extra über den großen Teich geflogen? Sie hat mir nichts beichten können, weil es für sie nichts zu beichten gab. Und letztlich hat sie mich darauf gebracht, daß es gut für mich war, daß du abgehauen bist.

Unsere Trennung, mein Glück. Stell dir das vor, Ray Corner, ich brauche dich nicht. Schon lange nicht mehr. Ich hatte nichts mit Hans, und du –

Morgen abend weiß ich es.

Und trotzdem bin ich glücklich ohne dich! Verdammter Mist! Ohne Karola wäre ich in den letzten Wochen wahrscheinlich durchgedreht. Mit der Hiobsbotschaft in bezug auf Daniels leibliche Mutter hat sie sich übrigens wahnsinnig schwergetan.

Allmählich halte ich alles für möglich. Vielleicht ist am Ende wirklich nur das wahr, was man für wahr hält. Ich bin mir jedenfalls immer weniger sicher, ob ich das, was ich im Moment noch nicht begreife, überhaupt noch begreifen will. Vielleicht wäre es besser – nach diesem Artikel über ihn habe ich mir plötzlich gewünscht, lieber tot zu sein.

Ich weiß, wo er wohnt. Ich bin da gewesen. Nachts. Eigentlich hatte ich ins Kino gehen wollen, aber – Ein Stadtteil südlich der Elbe, ich habe mich hundertmal verfahren. Ein heruntergekommener Altbau, fünf Stockwerke, schlecht beleuchtete Straße, viele Kneipen. Nicht ganz ungefährliche Gegend. Auf der Klingelleiste habe ich gelesen, was ich schon aus dem Telefonbuch wußte. Daniel Stein und Fernando Llosa. Dann bin ich umgekehrt.

Ich habe kein Recht auf ihn, Ray. Er ist weder mein Liebhaber noch mein Sohn. Wenn ich ihn anriefe, würde er sofort auflegen.

– Wollen Sie Ihrem Alten immer noch nachreichen, vor achtundzwanzig Jahren fremdgegangen zu sein? –

Ja, was will ich eigentlich?

Ob er schwul ist? Vielleicht nur eine Wunschvorstellung von Luzzys Mutter, daß auch er einmal verliebt in ihre Tochter war.

Wenn ich's doch endlich wüßte, alles!

Auch das mit dem Konzert ist eigentlich reiner Zufall gewesen. In der ersten Woche nach Zürich habe ich bei einem Stadtbummel das Plakat gesehen: »Mozart, Brahms, Dvořák. Solist Daniel Stein. Musikhalle, großer Saal«.

Vierzehn Tage, bis zu Georgs Rückkehr, war Karola allein im Laden. Schaffst du es?, Kein Problem! Ausgeschlossen für mich, ins Geschäft zu gehen. Silke, Gerlinde – ich habe das klären müssen. Inzwischen läuft alles längst ohne mich. Ja, Ray, jeder ist ersetzbar. Eines Tages wird sich die Welt auch ohne dich drehen! Wart's ab. Um diese Erfahrung wirst auch du nicht herumkommen.

Stell dir vor, seit Jahren zum ersten Mal durch die Stadt, von Schaufenster zu Schaufenster, ziellos und ohne auf die Uhr zu sehen. Zu Hause habe ich es nicht ausgehalten. Bei Silke der Anrufbeantworter, Gerlinde zunächst unauffindbar. Natürlich habe ich mich über dieses Plakat erschrocken. Aber ich war auch ein bißchen schadenfroh.

– Ich muß Sie unbedingt wiedersehen! –

Wer öffentlich auftritt, der wird angesehen, ob es ihm paßt oder nicht. Ich habe zwei Karten gekauft und Karola eingeladen. Als Wiedergutmachung für indiskrete Fragen. Sie hat sich gefreut. Eine Woche später haben wir uns vor der Musikhalle getroffen.

Auch Silkes Adresse habe ich im Telefonbuch gefunden. Strugalla, Biographieberatung/Horoskope. Das konnte nur sie sein. Auf dem Anrufbeantworter habe ich ihre Stimme wiedererkannt. Tagelang nur das Band, irgendwann hat ihre Mutter abgenommen und sofort wissen wollen, ob ich von der Presse sei. Nichts habe ich gewußt, weder von der Verhaftung noch von dem Prozeß. Ich bin mit ganz anderen Dingen beschäftigt gewesen. Von früher? Silke trampe durch Griechenland, sie hüte nur die Katzen, in drei Wochen –

Eine paar Tage später hat sie angerufen und mich gebeten zu kommen, am besten gleich. Ich weiß bis heute nicht, warum, aber ich bin zu ihr gefahren.

Diese Wohnung! Auch diese Erfahrung verdanke ich dir, Ray. Wer im Dreck anderer wühlt, fällt selbst hinein. Wozu ist das alles nötig gewesen? Wenn du in Zürich wenigstens eine Andeutung gemacht hättest. Alles hättest du mir erspart. Allein die Begegnung mit Gerlindes Mann! Was sollte ich denn mit diesem gebeutelten Witwer anfangen. Der hätte einen Arzt oder Therapeuten gebraucht, nicht mich. Wenn ich gewußt hätte, daß sie gerade gestorben war – über das Personalbüro der Uni habe ich seine Adresse in Göttingen erfahren.

Ein Heim südlich der Elbe. Den Ort hätten sie sich doch wenigstens merken können, diese verdammten Nachmieter. Wenn ein alter Mensch aus seiner Umgebung gerissen wird, interessiert sich anscheinend niemand mehr für ihn, so, als wäre er schon tot.

Ob sie mich wiedererkennt?

Zuerst also Silke, oder besser: Silkes Mutter. Altbau, Barmbek. Schon im Treppenhaus dieser Geruch von Räucherstäbchen, parfümiertem Tee und Katzenklo. Seit Wochen nicht gelüftet.

Nur einen Spaltbreit hat sie mir die Tür aufgemacht, und als ich das Fenster öffnen wollte, hatte ich gleich eins der gelben Viecher neben mir. Wahnsinn, wie die alte Frau kreischen konnte. Ringsum halbblinde Spiegel, schiefe Regale, Bücher, Bilder, Sternkarten und getrocknete Sträuße. Nur schwer habe ich mich zurechtfinden können, wer kann sich in einem Müllhaufen schon zurechtfinden, und wie betäubt neben ihr auf dem alten Ledersofa gesessen. Ein ovaler Tisch, ein siebenarmiger Leuchter.

Sie ist gleich zur Sache gekommen. Gestern hätte noch jemand von früher angerufen, ein Amerikaner, er will sich wieder melden – was denn los sei?

Sie hatte umwickelte Beine und trug eine Wollmütze auf dem Kopf. Ich habe ihr Mißtrauen nicht zerstreuen können. Sie befürchtete, alles könne wieder von vorne losgehen. Interviews, Artikel, Gerede.

Ich weiß, Ray, du hältst mich für unnormal oder sonst was, aber Silke? Zehn Jahre Gefängnis, Biographieberatung/Horoskope, und mit zweiundfünfzig immer noch per Anhalter durch Griechenland. Hätte gut zu dir gepaßt. Bei unserem Spaziergang um die Alster hat sie mir am dunstigen Himmel über dem Bootssteg bei der alten Rabenstraße Venus gezeigt, den Morgenstern, und mit ihm geredet. Ich kann dir sagen. – Wenn man begreift, daß links ein Irrtum war, kann man doch nicht einfach die Seite wechseln, Sondern?, Nach oben, Schätzchen! Esoterik. Das ist der einzige Weg, um aus dem Schlamassel herauszukommen! Die Analytiker haben uns nicht weitergebracht, die verdienen nur am Müllsortieren. – Auch so was habe ich mir angehört, anhören müssen.

Die Mutter hat mich gefragt, ob ich auch Terroristin gewesen sei. Und anstatt zu gehen, habe ich mich verteidigt. Es gebe doch auch andere Mittel, um die Welt zu verändern. Zum Beispiel?, Musik! Ja, so etwas Dummes habe ich wirklich gesagt.

»Vom Talent zum Star! Ganz Salzburg liegt ihm zu Füßen!« – Vielleicht wäre unsere Begegnung ganz anders verlaufen, wenn mir im Flugzeug nicht der Tee über den Kasten geschwappt wäre.

Gleich hat sie wissen wollen, ob ich Musikerin sei, und nachdem sie meine Branche begriffen hatte, angefangen zu trösten. Dann sei ich wohl die mit dem Schnick-Schnack-Laden, Silke habe ihr davon erzählt, aber ich solle den Kopf nicht hängen lassen, Terroristin sei noch viel schlimmer. Das mußt du dir mal vorstellen. Auch das nur deinetwegen.

– Terroristin ist noch viel schlimmer! – Vielleicht habe ich wirklich alles falsch gemacht.

Aber ich habe auch einiges begriffen: Daß man nichts, aber auch gar nichts von seinen eigenen Kindern weiß. Und daß ein Mord immer ein Mord bleibt, egal, ob und wie lange man dafür gesessen hat. Diese Mutter war nicht bereit, zu vergeben, auch ihrer eigenen Tochter nicht. Im Gerichtssaal hat Silke behauptet, als Kind von ihr geschlagen worden und also das eigentliche Opfer zu sein. Das solle mal jemand begreifen – und jetzt dürfe sie die Katzen hüten.

Die mittlere der sieben Kerzen auf dem Leuchter hat sie angesteckt, im Dämmerlicht die zerzausten Tiere, mindestens zehn, wie kleine Schatten um unsere Füße. Von unten türkische Musik. Sie hat mir trotz allem irgendwie leid getan, Ray. Was kann man für seine Kinder. Ich bin eine ganze Weile bei ihr geblieben, habe ihr von Georg erzählt, von Luzzy und der Hochzeit. Aber sie glaubt an nichts mehr. Stolz sei man nur, solange alles nach Plan laufe, wenn es schiefgehe, wolle es keiner gewesen sein. Das war ihre Philosophie. Eine Antwort darauf, wie es bei Silke so so weit kommen konnte, bin ich ihr schuldig geblieben. Als sie anfing zu weinen, bin ich gegangen.

Aber ich denke oft an dieses Gespräch zurück, an die Elternliebe, und ob sie selbstverständlich ist. Muß man sein Kind mögen – egal, was es tut, oder darf man es auch ablehnen? Wir wollten damals nicht die Kinder unserer Eltern sein – und umgekehrt? Was haben diese Eltern sich gedacht.

Was weiß man schon von seinen Kindern. – Und Georg? Können wir sicher sein, daß er nicht eines Tages – egal aus welchen Gründen? Und wäre er dann immer noch unser Sohn? Würden wir auch dann noch zu ihm halten?

Daniel hatte Glück. Was wohl aus ihm geworden wäre, wenn er bei dir –. Gemein? Ja, Ray, vielleicht. Aber wenn es stimmt – Ich muß jetzt einen klaren

Kopf bewahren. Ob man von den Tabletten auch die doppelte Dosis nehmen kann? – Ich weiß, ich sollte jetzt aufhören. Aber es geht nicht. Das Mühlrad in meinem Kopf –

Auf dieser großen Bühne in der Musikhalle hat er fabelhaft ausgesehen. Schwarzer Anzug, die Haare locker zur Seite. Schamlos, Zentimeter für Zentimeter habe ich ihn durchs Fernglas betrachtet. Als er auftrat, habe ich mich zunächst wieder wie im Flugzeug gefühlt. Schweißausbruch, Herzrasen – diese Ähnlichkeit! Und das, obwohl ich diesmal vorbereitet war.

Gleich zu Beginn Mozarts Violinkonzert G-Dur. Du wirst lachen, beim Adagio habe ich gemeint, das Brautpaar, St. Peter, ja sogar die Schnörkelschrift auf dem Schild über der Kanzel vor mir zu sehen. »Du solst anbätten –«. Durch Musik assoziiert man unheimlich stark. Kennst du das? Ach, was frage ich dich. Was weißt denn du überhaupt?

Zwischen Mozart und Brahms hat Karola es gleich auf den Punkt gebracht: Weißt du, an wen der mich erinnert? Es gibt überhaupt keinen Zweifel, Ray, er ist dein Sohn. Jeder kann es sehen.

Es war gut, endlich über alles reden zu können. Sonst wäre ich durchgedreht. Man kann nicht alles immer nur mit sich allein abmachen. Irgendwann ist Schluß. Erstaunlich, daß sie sich noch so gut an dich erinnerte. Mir sei doch hoffentlich klar, nicht die einzige gewesen zu sein, die in dich verliebt war. Ja, mit dieser Offenheit hat sie mich auf ihre Seite gezogen. Du hättest so etwas Unkompliziertes, Lebensbejahendes gehabt, richtig wohltuend, in all diesem sektiererischen Eifer, dieser Verbohrtheit, damals. Oft und viel gelacht hättest du. Ray Corner, der Sonnyboy, der Muntermacher der Frauen, Gratulation.

Stell dir vor, im Weinlokal gegenüber der Musikhalle, haben wir auf dich angestoßen. Während der Pause sind wir gegangen. Und als das Konzert zu Ende war, haben wir ihn am Bühneneingang abgefangen.

Er hat wieder genau so ausgesehen wie beim erstenmal, den Mantelkragen hochgestellt, den Kopf zwischen die Schulter gezogen, eine Strähne quer über der Stirn. Beim Signieren des Programmhefts hat er mich erkannt. Und jetzt sogar mit Verstärkung! Der Unterton war eindeutig.

Auch Karolas Angebot, ihn nach Hause zu fahren, hat nicht gewirkt, im Gegenteil. Das sei ihm zu gefährlich. Einmal habe ein anderer seine Braut mit dem Taxi nach Hause gebracht, und vor zwei Wochen hätten die beiden in Zürich geheiratet.

Das hat gesessen. So hat er uns stehen lassen. Seitdem fürchte ich mich davor, ihn wiederzusehen. Für ihn bin ich nur die Mutter des Mannes, der ihm seine Braut weggenommen hat. Da ist nichts zu machen.

Ich bin Karola dankbar, daß sie es auf sich genommen hat, seine Mutter im Krankenhaus zu besuchen. Die Frau des Gärtners war meine letzte Chance, denn nach der Begegnung mit Professor Hufner war auch Gerlinde abgehakt. Wenn ich geahnt hätte, was die Gärtnersfrau erzählt, hätte ich Karolas Besuch nicht forciert. Und jetzt kann ich nicht mehr zurück.

Hoffentlich ist sie noch einigermaßen bei Verstand. Wenigstens morgen. Und was mache ich dann?

Hufner, ein Witwer wie im Bilderbuch – hilflos, nervös, aschfahl. In einem Café an der Uni haben wir uns getroffen, ein Wechselbad aus Mitleid und Aggression. Drei Fragen hat er mir gestellt.

Ich hätte es lassen sollen, Ray, es macht wenig Vergnügen, die Trümmerlandschaft einer Ehe betrachten zu müssen und dabei auf Schritt und Tritt zu sehen, woran es gelegen hat, daß es so weit gekommen ist. Der Professor für Altphilologie und die Englischstudentin haben in vielerlei Hinsicht unterschiedliche Sprachen gesprochen. Fünf Kinder, das heißt gar nichts. Warum macht man eigentlich immer wieder den Fehler, davon auszugehen, daß Eheleute sich verstehen. Weil alles so schön anfängt? Blumen, Brautkleid, Pfarrer, Kanzel, Kirche –

In der ersten Zeit habe ich Gerlinde oft auf dem Wochenmarkt getroffen und über Gurken und Salat hinweg von der jeweiligen Schwangerschaft erfahren. Alle fünf sehr rasch hintereinander, und als sie damit durch war, sind unsere Begegnungen zu einem gegenseitigen Kopfnicken geschrumpft. Als sie weggezogen war, habe ich sie nicht vermißt.

Die erste Frage: Ob das erlaubt sei? Ob Kranke die Gesunden als Packesel mißbrauchen dürften, für seelischen Frust. Gerlinde habe ihm und den Kindern zuletzt nur noch Vorwürfe gemacht. Sie hatte Lymphkrebs. Elendig ist sie eingegangen. Zunächst das übliche. Diagnose, Chemotherapie, angebliche Heilung, zwei schöne Jahre, und dann ein rapider Absturz. Innerhalb weniger Monate ist es aus gewesen.

Was hättest du geantwortet? Du bist ja schon weggerannt, als sich deine Frau einen dir unverständlichen Satz leistete. Der arme Tropf von Professor ist wenigstens bis zum Schluß geblieben.

Er sei ihr zu humorlos, zu langweilig und solide gewesen, seine akademische Gewissenhaftigkeit habe sie angekotzt. Ja, er hat mir alles erzählt, seine Verzweiflung hat ihn hemmungslos gemacht. Komischerweise ist mir das Wort Seelsorger eingefallen. Aber darauf hat er nicht reagiert, da habe ich ihn wohl doch falsch eingeschätzt.

Zweitens hat er wissen wollen, wo Gerlinde in den zwei Jahren nach Abschluß ihres Studiums und vor dem Beginn ihrer Ehe gewesen sei. Ich hätte sie doch gut gekannt. Er hätte sich nie getraut, sie danach zu fragen.

Eine echte Versuchung, Ray. Zwei Jahre, und genau in *der* Zeit, das hätte gepaßt. Aber ich habe ihn verschont. Ihm traue ich zu, daß er eine Studentin geheiratet hat, die bereits Mutter war – in der Annahme, der erste Mann ihres Lebens zu sein. Wozu hätte ich ihn mit einem Verdacht belasten sollen, dessen Beweis nach Gerlindes Tod so gut wie ausgeschlossen ist. Alles ein bißchen absurd, nicht wahr. Der Mann war wirklich schon gestraft genug.

Drittens? Du wirst lachen, er hat nach dir gefragt. In den letzten Wochen hat seine todkranke Frau von einem Amerikaner geschwärmt. Ob ich wüßte – mein Name habe ihn darauf gebracht. Er hatte den Wunsch, dich kennenzulernen, Ray, um den Unterschied mit eigenen Augen zu sehen. Stell dir das vor. So was gibt's, Männer, die nicht fähig sind, mit ihren Frauen zu reden, und sich nach deren Tod bei ehemaligen Freundinnen ausweinen. Ekelhaft. Bevor ich gegangen bin, habe ich ihm die Meinung gesagt. Vielleicht sei ein Amerikaner für

Gerlinde ja nur das Synonym für Freiheit und Abenteuer gewesen, eben nicht die irgendwann genossene Variante im Bett.

Frauen haben da mehr Phantasie als Männer. Nein, ich werde Karola nicht fragen, ob sie den Salzburgartikel gelesen hat. Der Rest ist meine Sache.

Die Liste war abgehakt, Georg und Luzzy waren aus Madeira zurück, und ich keinen Schritt weiter. Ein Frühsommer zum Verzweifeln.

Na, wie gefällt dir dein Dad? Immer wieder hat Luzzy ihm eins der vielen Fotos von dir direkt vors Gesicht gehalten. Kommentar Georg: Er erinnert sie an einen alten Freund. Ein Sonntagnachmittag, ein schönes Essen, anschließend die Hochzeitsfotos. Am Teetisch. Vier kleine Stapel. Brautpaar, Familie, Freunde, gemischt. Der Freund sei auch da gewesen, aber keiner habe ihn gesehen. Er habe auf der Empore Geige gespielt: Schade, daß es kein Foto von ihm gibt.

Er ist dein Sohn, Ray, auch Luzzy ist eure Ähnlichkeit sofort aufgefallen. Du hast großen Eindruck auf sie gemacht. Aber auch ich bin gut weggekommen, Artigkeiten, Lob, Fragen, was ich denn jetzt so vorhätte, wo ich doch nicht mehr im Laden, und so weiter. Während ihrer Reise haben sie sich Gedanken darüber gemacht, wie es für mich gewesen sein muß, dich wiederzusehen, nach all den Jahren.

Und du, hast du jemals wieder an sie gedacht? An deinen Sohn Georg und seine niedliche Frau? Und an den anderen? Selbst wenn inzwischen klar ist, daß das mit Silke ein Windei war, gibt es ihn doch.

Richtig aus der Hand geschlagen hat Georg seiner Luzzy plötzlich die Fotos, die vier kleinen Stapel sind vom Tisch gerutscht, und der Nachmittag hatte einen Sprung. So heftig habe ich ihn noch nie gesehen.

Allmählich wird es hell. Ein Glück, daß ich wenigstens ihren Namen gleich bekommen habe. Im Marienkrankenhaus ist man kooperativer als beim Staat. Sie hat mir damals geraten, mir Zeit zu lassen. Bei studierten Frauen entwickle sich das Muttergefühl über den Kopf und nicht über den Bauch. Erinnerst du dich? Bei der Entlassung war ich schon so gut wie über den Berg.

Diese Hochzeitsfotos!

Die Frage, warum Luzzy ihn genommen hat, kommt mir überflüssig vor und hat mich auch an diesem Sonntagnachmittag am Teetisch nicht mehr beschäftigt. Obwohl mir, während ich durch die großen, breiten Fenster in den Garten sah, plötzlich das heruntergekommene Mietshaus eingefallen ist. Daniel Stein und Fernando Llosa. Ich bin mir ganz sicher, daß sie ihn liebt. Sie sind ein wunderbares Paar. Ihr Vater hat recht.

– Schade, daß es kein Foto von ihm gibt. – Ich bin mir ganz sicher, Georg liest kein Feuilleton, und Luzzy wird sich hüten, ihm die Seite zu zeigen.

Am Abend hat mich Georg zum Auto gebracht. Es lasse ihm keine Ruhe. Zu gern hätte er gewußt, ob auch ich fände, daß dieser Daniel so umwerfend aussehe, so wie du, von mir könne er doch eine ehrliche Antwort erwarten.

Kannst du dir vorstellen, wie heilfroh ich bin, daß dieser Hochzeitsgeiger nicht fotografiert worden ist? Es genügt, daß ich Georg im Taxi von Kloten nach Zürich belogen habe. Ich hätte es sehr ungern wieder getan.

Halb sechs! Jetzt dreht sie bald ihre Runde um die Alster. Du hättest sie nicht wiedererkannt. Total in die Breite gegangen. Wer zehn Jahre im Gefängnis sitzt, bekommt kein Kind, das ist klar. Auch nicht von einem Amerikaner. Mit Silke habe ich mich eigentlich nur noch getroffen, um sie zu fragen, ob sie weiß, wo Gerlinde während der zwei Jahre abgeblieben war, das hat mich dann doch interessiert.

Sie hat behauptet, sie habe nur in der Früh Zeit für mich, und nur dort. Morgens, um halb sechs an der Krugkoppelbrücke. Dunst über den Wiesen, ein paar Jogger in knallbuntem Trainingszeug, »I like Alabama«, Hunde und ihre Besitzer. Dazwischen wir beiden Frauen, ich im Mantel, sie in weitem Umhang. Einmal um die Alster sind wir gegangen, ich habe gefroren, und wir haben uns nicht verstanden. Das Leben ist uns zu unterschiedlich geraten.

Sie hat oft vor dem Laden gestanden, durchs Schaufenster gesehen und gedacht, Caecilie, das helle Köpfchen, in all dem Scheiß! Dieser Abenteuerkapitalismus sei das Letzte. O-Ton: Touristen und Soldaten machen die ganze Welt platt. Ob das wirklich mein Leben gewesen sei? Ich habe die Boote im Wasser schwappen gehört und nichts gesagt. Was geht eine Silke Strugalla mein Leben an. Sie hat angeboten, mir ein Horoskop zu erstellen, damit ich besser zurechtkomme. Vielen Dank.

Aber gestern morgen habe ich plötzlich gedacht, wenn es mit dem Marienkrankenhaus schiefgeht, frage ich Silke. Lasse sie über dem Foto pendeln, die Kugel drehen oder weiß der Himmel was. Das kann sie bestimmt, und vielleicht – Du glaubst ja gar nicht, wie sehr mich das alles verrückt macht. Ich muß hin.

Irgendwas ist doch immer dran. Alles, was sie mir über mein Sternbild gesagt hat, trifft zu. Sehnsucht nach allem Schönen, Wunsch nach Ästhetik und Harmonie, dabei konfliktscheu, überangepaßt,

Waagen sind nun mal so. Das steht in jeder Frauenzeitschrift. Schon mal was von Reinkarnation und Karma gehört? Ja, Ray, während dieses Spaziergangs ist mir wirklich nichts erspart geblieben. Lernt man das im Knast? Natürlich ist sie eingeschnappt. Aber wenn ich mal Rat brauche – sie sei keineswegs nachtragend, sonst hätte sie sowieso alles längst in die Luft gesprengt.

Auf die Frage nach Kindern hat sie ziemlich ordinär reagiert, auch aus Not hätte sie es nicht mit einem dieser Bewacheraffen getrieben. Gerlinde? Eine Frau mit Sinn fürs Extreme. Erst spanisches Feuerwerk, dann norddeutscher Ehehafen. Zwei Jahre sei sie mit einem Freund in Madrid hängengeblieben, und dann habe sie einen Akademiker geheiratet, der ihr Vater hätte sein können.

Schluß mit der Vergangenheit!

Mit einer Postkarte hat sie es mir heimgezahlt. Nachdem du bei ihr angerufen hast, hat sie begriffen, warum ich den Kontakt zu ihr gesucht hatte. »Widerruf/Nachruf/Ende!« Kürzer geht's wirklich nicht.

Wenn ich anfangen würde, mit dir abzurechnen, Ray, kämen auch deine Gespräche mit Silke über mich an die Reihe. Ziemlich erniedrigend, von anderen auf diese Weise durchgehechelt zu werden. Georg unheimlich, ich traumatisiert, etc, etc.

Vielleicht sieht schon in ein paar Stunden alles völlig anders aus. Um acht bin ich auf dem Amt, und von dort aus fahre ich gleich raus. Und was sage ich ihr?

Als ich mit allem am Ende war, hat mir Karola die Hiobsbotschaft gebracht. Mit dem Blumenstrauß »für die Mutter des Virtuosen« hat sie es geschafft. Marliese ist gerührt gewesen. Mehrbettzimmer, schlechte Luft. Vier kleine alte Frauen in weißen Kissen. Zahngläser, Spucknäpfe, Klostühle. Der Junge scheint wirklich noch mittellos zu sein, sonst könnte er seiner Mutter doch wohl weiß Gott etwas Besseres –

In dieser Umgebung so ein Strauß, Marliese Stein hat die Gelegenheit wahrgenommen, ihr Herz auszuschütten. Sie habe ihn nur ein bißchen in die Sonne gestellt, weiter nichts. Alles andere sei von allein gekommen. Seine Begabung? Nicht von ihr. Sie und ihr Mann hätten ihn doch adoptiert. Natürlich wäre ihnen einer zum Bohnensetzen und Mistfahren lieber gewesen, aber was solle sie sich beklagen. Er sei immer ein guter Junge gewesen, und jetzt dieser Erfolg. Die Mutter? Das dürfe sie eigentlich gar nicht wissen, das habe ihr die Hebamme im Marienkrankenhaus nur im Vertrauen gesagt und gegen die Vorschrift, damit sie wisse, worauf sie sich einlasse. Ein ganz junges Luder, sechzehn, siebzehn, wahrscheinlich drogenabhängig, irgend so was.

Und ich habe mich über Professor Hufners Ahnungslosigkeit amüsiert! Ich hätte die Wände hochlaufen können, fünf Jahre lang mit einem Mann verheiratet gewesen zu sein, der sich offenbar eine vom Strich geholt hat. Ich habe dich ein zweites Mal für tot erklärt, Ray. Nicht mit mir! Wenn ich das vor Zürich gewußt hätte, hätte ich mich nicht mit dir auf eine Kirchenbank gesetzt. Da kannst du Gift drauf nehmen. Auch Georg zuliebe nicht.

Um mich zu trösten, hat sich Karola die Geschichte von dem kleinen, irgendwie pervers veranlagten Musiklehrer ausgedacht, der zu einem Kind gegangen ist. Das Pech daran sei eben nur, daß er so aussehe wie du, und auf die Weise –

Ich weiß wirklich nicht mehr, was ich denken soll. Daniels Geburtsdatum hat alles über den Haufen geworfen.

Sie ist auch nicht ganz ohne, diese Gärtnersfrau. Plötzlich hat sie Karola zu sich herangezogen und sie leise gefragt, ob es stimme, daß alle großen Künstler schwul seien? Sie habe das mal gelesen. Sonst, wer weiß, hieße Daniels Vater vielleicht Herbert von Karajan. Ein kleiner Streifzug nach einem Konzert – wäre doch schön für ihn, so einen

Vater zu haben. Wenn der allerdings schwul –. Ein gräßlicher Hustenanfall hat das Gespräch beendet. Die Schwester hat Karola gebeten zu gehen.

Ja, Ray, so hat es bis gestern ausgesehen. Du bist abgehauen, weil du dachtest, daß ich – und du? Vielleicht ist Daniel sogar von derselben Hebamme wie sein Halbbruder geholt worden. Ironie des Schicksals – das Marienkrankenhaus liegt im Revier, ob studiert oder nicht, im Kreißsaal sind alle Frauen gleich.

Ich hab's versucht, Ray, aber Alkohol ist kein Mittel gegen Mühlräder im Kopf, Tabletten auch nicht. Aber –

Sieh ihn dir an, den Gärtnerssohn, »Ganz Salzburg liegt ihm zu Füßen«. Alles, was ich bisher noch nicht über ihn wußte, steht hier, schwarz auf weiß. Soll ich dir die Zeitungsseite schicken? Geburtsdatum: 5. September 1968.

Bestimmt ist es nicht wahr, Ray. Wahrscheinlich hast du recht, ich bilde mir mal wieder etwas ein. Hoffentlich regnet es nicht. Ich mag keinen Regen auf der Autobahn.

Ja, ich habe im Marienkrankenhaus angerufen und nach ihrem Namen gefragt. Nach dem Namen der Hebamme, die mich damals entbunden hat. Kaiserschnitt, sie sei ausgesprochen nett zu mir gewesen. Wir, mein Mann und ich, hätten gewettet, ob Hertha oder Edda richtig sei. Um tausend Mark. Wann? 5. September 68. Die haben sich vielleicht amüsiert! Ja, Ray, manches erfährt man nur mit Geschichten.

Keiner von uns hat die Wette gewonnen. Sie heißt Martha. Martha Kruse.

Erinnerst du dich?

# Martha

Verstehen Sie, was ich meine? Dieser Geruch. Dieser Geruch von Seifenpulver und Wäschestärke – wenn ich daran denke! Nichts auf der Welt kann ihn ersetzen, kein Rosenduft und kein Parfum!

Er ist mein Zuhause gewesen, überallhin ist er mir gefolgt. Bis hinauf in meine Dachkammer. Ich habe ihn gerochen, wenn ich einschlief, und wenn ich aufwachte, hat er mich begrüßt. Erst dann kamen Mutter und Vater, das Haus und die Waschstube, der große Herd, Zuber, Plätteisen und die Mangel. Alles war umgeben davon. Diese feuchte Wärme! Und natürlich das Prickeln in der Nase.

Ob Sie mir bitte mal helfen würden, mein Taschentuch –

Ja, vielen Dank! Diese engen Taschen, fürchterlich! Sehen Sie sich das an! Wie soll man ohne fremde Hilfe aus denen etwas herausziehen? Das soll mir die Heimleitung mal zeigen. Eigentlich ist das nämlich gar nicht mein Morgenrock. Allein dies alberne Bündchen mit Schleife. So ein Unsinn. Haben Sie schon mal versucht, sich selbst direkt unterm Kinn eine Schleife zu binden? Ich kann Ihnen sagen. Da fragt man sich wirklich, ob die hier noch alle Tassen im Schrank haben. In so einem Haus müßte man doch wissen, daß alte Leute nicht mehr so flink mit den Fingern sind.

Egal. Ich selbst hätte mir so etwas jedenfalls nie gekauft. Aber hier wird ja nicht lange gefackelt, hier kriegt man alles einfach verpaßt, nach dem Motto: Hier, Oma, nimm! Ist doch sowieso egal, wie du aussiehst, ist doch jetzt sowieso alles egal, wo du bald – Ich kann Ihnen sagen! Meine eigenen Sachen sind leider verlorengegangen, ich kann mich beim besten Willen nicht mehr daran erinnern, wo. Und auch nicht mehr, wann. Das ist die Hölle, verstehen Sie, wenn man sich an nichts mehr erinnern kann, wenn man nicht einmal mehr weiß, wo man ist. Das macht einen manchmal –

Rosengarten, südlich der Elbe? Sagt mir im Moment nichts.

Eine halbe Stunde von Hamburg? Interessant!

Ja, Altenheim, das ist klar. Das sehe ich doch. Alles alte Leute, alle gaga. Haben Sie beim Reinkommen bemerkt, daß die Tür zur Station nur von außen geöffnet werden kann?

Nicht? Na, dann werden Sie es erleben, wenn Sie wieder gehen. Dann müssen Sie nämlich jemanden um Hilfe bitten. Sonst kommen Sie hier nicht raus. Ich bin Krankenschwester gewesen, ich weiß, was das bedeutet, eine Station, deren Türen man nur von außen öffnen kann. Also. Nachher schließt Ihnen jemand auf, oder Sie müssen auf den Knopf rechts oben an der Wand im Schwesternzimmer drücken. Aber das darf ich eigentlich nicht wissen, und ich tu auch immer so, als ob ich's nicht wüßte. Aber eines Tages, wenn es mir hier zu bunt wird – wehe, wenn Sie mich verraten!

Woher wissen Sie eigentlich, wer ich bin? Sind wir uns schon mal begegnet?

Im Marienkrankenhaus in Hamburg. Ja, das stimmt, da habe ich gearbeitet – aber das ist schon eine ganze Weile her.

Einwohnermeldeamt? Interessant, daran habe ich noch nie gedacht. Vielleicht sollte ich da mal hingehen, vielleicht kann mir da ja irgend jemand sagen, wie ich hierhergekommen bin? Sind die nett?

Nicht so sehr. Schade. Wo wohl all die netten Leute von früher abgeblieben sind? Entschuldigen Sie, ich kann mich heute so schlecht konzentrieren, wollten Sie nicht was Bestimmtes von mir?

Ach ja, der 5. September 1968. Ziemlich leichtsinnig, eine alte Frau nach einem Datum zu fragen, das schon so lange zurückliegt, oder nicht? Woher wollen Sie denn wissen, ob das überhaupt stimmt, was ich Ihnen erzähle? Ich könnte doch schon – fast dreißig Jahre sind eine lange Zeit! Stellen Sie sich mal vor, was seitdem alles passiert ist. Aber keine Angst! Ganz so durcheinander, wie die hier meinen, bin ich noch nicht.

Wie ich darauf komme? Was hat man Ihnen am Empfang denn über mich gesagt? Na? Darüber wollen Sie lieber nicht reden, nicht? Ist auch egal. Eigentlich interessiert es mich auch gar nicht. Aber an den Tag, nach dem Sie mich fragen, kann ich mich besonders gut erinnern. Darauf kommen wir gleich. Hin und wieder erzähle ich hier sogar davon. Aber direkt danach gefragt hat bisher noch keiner. Komisch. Wo waren wir stehengeblieben?

Richtig, die Waschstube. Zu ihrem Geruch gehört nämlich noch etwas. Diese Kühle. Verstehen Sie, was ich meine? Diese Kühle und Sauberkeit. Haben Sie schon mal frisch gewaschene Wäsche mit den Fingerspitzen berührt? Laken, Bezüge, Kopfkissen – alles wie frisch gefallener, leicht gefrorener Schnee. Herrlich.

Meine Mutter hat alles immer exakt auf Ecke zusammengelegt. Auf sie habe ich mich immer verlassen können, auf sie bin ich stolz gewesen.

Jeden Tag hat sie das Wunder vollbracht, alles, was morgens verknittert und stinkend in labberigen Säcken hereingekommen war, in akkurate, schneeweiße, frostige Stapel zu verwandeln. In Packpapier gewickelt wurden die dann abends vom Vater mit der Pferdekutsche in die feinen Häuser gebracht. Die fleischigen, rot geriebenen Hände und Unterarme meiner Mutter im Schaum, über dem Waschbrett oder an der Mangel werde ich nie vergessen. Wenn ich ihr im Weg stand, hat sie mir ein Schaumflöckchen auf die Nase geklebt und gerufen: Lauf schnell zum Spiegel, dann kannst du es noch mit eigenen Augen sehen!

Nichts auf der Welt hat mir etwas anhaben können, solange meine Mutter lebte. Weder meine roten Haare, meine Sommersprossen und meine schiefen Zähne, noch die Tobsuchtsanfälle meines Vaters. Der trotzdem ein guter Kerl war. Komm rauf, kleines Nachtgespenst, hat er immer geknurrt, wenn ich lange genug gebettelt hatte, und mich neben sich auf den Kutschbock gezogen. Im Laternenlicht sind wir hinter dem Braunen durch die Vorstadt geschaukelt.

Ach, meine armen Eltern! Immer, wenn ich an sie denke –

Ob Sie mir bitte noch mal das Taschentuch – vielen Dank.

Als ich zehn war, sind sie bei einem Eisenbahnunglück umgekommen. Plötzlich waren sie weg. Plötzlich standen da zwei schwarze Särge in einer eiskalten Kapelle. Sie hatten zur goldenen Hochzeit meiner Großeltern fahren und drei Tage später wieder da sein wollen. Weil ich krank war, bin ich zu Hause geblieben. Wahrscheinlich Mumps, oder was Kinder eben so haben.

Überlegen Sie sich das mal: Wenn ich damals nicht diese läppische Kinderkrankheit gehabt hätte, wäre ich schon sechsundsechzig Jahre tot. Keiner hat das Unglück überlebt. Eigenartig, nicht? Und jetzt bin ich sechsundsiebzig und wollte, ich wäre tot. Verstehen Sie, was ich meine? Ich bin es leid hier. Alles tut mir weh, ich kenn hier niemanden, und niemand hört mir richtig zu. Außerdem bin ich da, wo ich nie sein wollte – im Altenheim.

Ich bin immer ein selbständiger Mensch gewesen. Als Hebamme und Krankenschwester habe ich die ganze Station im Griff gehabt, und hier meint man, mir sagen zu müssen, wo's lang geht! Bald verbieten die mir hier noch das Reden. Das glauben Sie nicht? Sie sind mir ja eine rührende Seele. Noch nie was vom Terror im Altenheim gehört? Die wollen einen fertigmachen. Aber nicht mit mir. Ich lasse mir nichts verbieten, auch nicht das Reden. Man wird ja wohl noch die Wahrheit sagen dürfen. Alles, was ich weiß, werde ich Ihnen sagen. Aber Sie müssen mir ein bißchen Zeit lassen. Früher ging das alles zack-zack. Auf Station, na ja – außerdem, ich hab's nicht leicht gehabt im Leben. Wenn Sie den eigentlichen Grund –

Wovon? Aber ich bin doch gerade dabei, es Ihnen zu erklären –

dann müssen Sie mir ein bißchen Zeit lassen. Habe ich schon erwähnt, daß ich kein hübsches Kind war?

Und auch, was das bedeutet?

Spielt keine Rolle? Haben Sie eine Ahnung! Wenn man so aussieht wie Sie, mag das ja noch gehen, aber wer häßlich ist – Hübsche, ich meine, so richtig gutaussehende Menschen haben davon keine Ahnung. Die treten auf, alles guckt, rennt und macht. Damals, der Vater, das ist auch so einer gewesen. Ein Bär von Mann – aber darauf kommen wir gleich. So eine wie ich wird überall nur in die Ecke gestellt. Also gut, das haben wir jetzt. Und das Eisenbahnunglück –

Auch das ist für mich noch viel schlimmer gewesen, als Sie vielleicht meinen. Ein häßliches Kind ohne Eltern: keine Chance! Aber ich hab es trotzdem geschafft.

Eine Nachbarin ist in mein Zimmer gekommen, hat sich zu mir auf die Bettkante gesetzt und gesagt: Ich muß dir jetzt mal was sagen, und du mußt mir versprechen, ganz tapfer zu sein. Da wußte ich Bescheid. Eigentlich hatte ich schon seit dem Morgen Bescheid gewußt. Denn obwohl sie mir schon Lebewohl gesagt hatte und der Vater unten am Treppenaufgang ungeduldig mit dem Schlüsselbund geklimpert hat, komm endlich, sonst verpassen wir noch den Zug!, ist meine Mutter noch einmal in mein Zimmer gekommen und hat mir von der Tür her einen Handkuß zugeworfen – genau so war's: eine Wäscherin und ein Handkuß –, und dabei hat sie ganz durchsichtig ausgesehen. Aber als Kind weiß man ja noch nicht, wie der Tod kommt, weil man ihn noch nie gesehen hat. Verstehen Sie, was ich meine?

Meine Großeltern wollten mich nicht, andere Verwandte gab es nicht, die Nachbarin hat mir nur über den Kopf gestrichen: Armes Kind. Auch sie hat mich nicht gewollt. So ein Kind will niemand. Also bin ich in ein Waisenheim gekommen und von einem Tag auf den anderen unter sechzig Kindern einsam geworden. Ich, das Einzelkind aus dem Seifenflöckchenhimmel.

Nichts, was alle Kinder der Welt können, konnte ich. Nichts, woran sie Freude haben, mochte ich. Schneeballschlachten, Schlittschuhlaufen, Äpfelklauen – nur schrecklich für mich. Die Hände hingen nutzlos an den Unterarmen, ständig knickten meine Füße um, immer hatte ich aufgeschlagene Knie. Dazu mein feuerrotes Haar, die Sommersprossen – na, die gesammelten Vorzüge habe ich ja schon aufgezählt. Kurzum, ich war wohl die komplette Katastrophe, und die anderen haben ihren Spaß gehabt.

Ich habe mich aber auch gewehrt. Und wie. Ich habe gepetzt und gelogen. Alles, was einsame Kinder noch einsamer macht, habe ich getan. Hinzu kam noch, daß ich mich nie entscheiden konnte. Schlimm ist das gewesen, richtig schlimm, alle habe ich damit verrückt gemacht.

Hier spielt das keine Rolle, hier ist ja sowieso alles festgelegt. Nicht mal beim Essen kann man wählen. Als Kind habe ich immer genau das haben wollen, was die anderen auf dem Teller hatten. Richtige Szenen haben sich da abgespielt. Und bei einem Faschingsfest hat einer zu mir gesagt, geh doch als Vogelscheuche, weil ich mich für keins der Kostüme habe entscheiden können. Da ist dann plötzlich schwarze Nacht um mich gewesen. Ich bin unter den Tisch gekrochen, habe gespuckt und geschrien, niemand durfte mich mehr anfassen. Ein paar Tage hat man wohl um meinen Verstand gefürchtet.

Irgend jemand ist dann auf die Idee gekommen, mich zum Pfarrer zu bringen, einem lieben alten Herren. Der hat sich alles angehört, mit den Schultern gezuckt und mir geraten, mal hinüber in die Kirche zum Küster zu gehen.

Um es kurz zu machen: Der Küster, seit dem Tod des Organisten auch für das Orgelspiel verantwortlich, war ein kleiner verkrüppelter Mann. Als er mich unten im Kirchenschiff stehen und andächtig zu ihm aufblicken sah, begriff er sofort. Mit einem: Na, du! war alles geregelt, ich hatte ein neues Zuhause und war von der Hölle in den Himmel geraten.

Ich lernte, den Altar zu schmücken, Kerzen aufzustecken, Gesangbücher zu sortieren. Auch in der Sakristei gab es immer zu tun. Jeden Tag, gleich nach der Schule, bin ich zur Kirche gerannt. Rotschopf!, Stoßzahn! – das alles hatte ich hinter mir.

Irgendwann hat der Pfarrer gesagt, ich mache meinem Namen ja alle Ehre. Aber das habe ich nicht kapiert. Das Orgelspiel zu erlernen ist leider mißlungen. Schon nach wenigen Übungsstunden war klar, daß ich zu ungeschickt war, und wohl nur dem Zuspruch des Küsters, ich solle lieber zuhören, das helfe ihm beim Spielen, niemand auf der ganzen Welt könne so gut zuhören wie ich, habe ich es zu verdanken, daß es nicht schiefgegangen ist damals mit mir.

1934 wurde ich konfirmiert.

Darf ich fragen, wie alt Sie sind?

Einundfünfzig? Na, dann haben Sie ja keine Ahnung von dem, was dann kam. Uniformen, Fahnen, Appelle. Wieder nichts für mich. Ich habe mich in Bibelkreis und Gemeindebibliothek wohler gefühlt. Einiges von dem, was ich damals gelesen habe, hat mir später geholfen. Hildegard von Bingen zum Beispiel, oder »Heilkräuter und ihre Anwendung«. Sie lachen?

Sie glauben nur an die moderne Medizin? Da sind Sie aber ganz schön hinterm Mond, meine Liebe. Wenn ich nur an die moderne Medizin geglaubt hätte, wäre bestimmt ein Drittel aller Säuglinge, denen ich auf die Welt geholfen habe, bereits während der Geburt gestorben. Ich pfeif auf die moderne Medizin!

Ob Sie bitte mal nachsehen würden, ob der Zivi mit dem Getränkewagen schon durch ist?

Nein? Sind Sie sicher? Der legt es nämlich immer darauf an, mich zu übersehen, wenn ich hier am Ende des Flurs sitze. Obwohl er genau weiß, daß ich hier sitze. Hier stört mich nämlich keiner, keiner brabbelt mir was vor. Hier kann ich aus dem Fenster sehen und beobachten, wie die Blätter von den Bäumen fallen. Gucken Sie mal, etwas anderes gibt er hier nämlich nicht zu sehen, außer Fernsehen. Bis zum nächsten Frühling gibt es hier nichts weiter zu sehen.

Ich hasse übrigens künstliche Blumen. Hier, fassen Sie mal an, alles Plastik. Kalt und ohne Geruch. Die können mich mal mit ihrer Hygiene. Ich bin ein Nasenmensch. Dieses Seifenpulver –

Wie bitte?

Nein, ich fange nicht wieder von vorne an. Ich gehe nur ein bißchen in meinem Leben spazieren, weil ich sonst nicht mehr spazierengehen kann, verstehen Sie? Können Sie sich vorstellen, was es bedeutet, keine Blumen mehr riechen zu können, keinen Rasen –

Ja, ja!

Hier sitze ich jeden Nachmittag. Da drinnen, in meinem Zimmer, ja, das mit der Erdbeere auf dem Türblatt, ich kann Ihnen sagen – das ist die Hölle! Allein der Gestank! Sind Sie schon mal in einem Altenheim gewesen? –

Nein, natürlich nicht. Oder im Krankenhaus? Das ist ziemlich ähnlich.

Ach ja, das Marienkrankenhaus in Hamburg, dahin kommen wir gleich. Übrigens sind hier alle Türen mit Obst gekennzeichnet.

Das haben Sie schon gesehen? Und wissen Sie auch, warum? Alte Leute finden sich sonst angeblich nicht mehr zurecht. Angeblich kann sich hier keiner mehr Zahlen merken. Dauernd muß ich mir anhören: aber Frau Kruse, was wollen Sie denn in der Banane? Sie gehören doch in die Erdbeere. So ein Schwachsinn! Das kann man mir doch auch anders sagen, wenn ich mich mal in der Tür geirrt habe. Die behandeln einen hier wirklich wie ein kleines Kind. Selbst die ganz jungen Schwestern, diese albernen Dinger. Dabei könnten die alle meine Enkelinnen sein. Was die sich erlauben! Ich bin selbst Krankenschwester gewesen, ich weiß, was das heißt. Aber ich habe mich immer bemüht, dem anderen seine Würde zu lassen, niemanden zu kränken. Und das ist gar nicht so leicht, wenn man – Bedenken Sie mal, wo man überall hinfassen muß. Sie verstehen?

Wenn ich Gerold *so* behandelt hätte, wäre er gestorben. Wie der aussah! Verdreckt, vereitert, verlaust. Aber selbst im Fieberwahn habe ich ihn immer noch wie einen Menschen behandelt, denn eins ist wohl klar: Auch im Fieberwahn ist ein Mensch immer noch ein Mensch. Auch die jammernden Frauen im Kreißsaal habe ich nicht für blöd erklärt. Keiner ist blöd, nur weil er ein Kind kriegt.

Sie haben einen Sohn?

Marienkrankenhaus in Hamburg? Ach so, darauf komme ich gleich. Immer der Reihe nach, sonst verstehen Sie gar nichts! Das ist nämlich alles nicht so einfach. Die Menschen sind sehr verschieden. Und in meinem Leben ist eine Menge passiert. Meine Mutter hat immer gesagt: Ordnung und Harmonie, darauf kommt es an. Und wie tausendmal recht sie gehabt hat, meine Mutter.

Wo war ich stehengeblieben? Ach ja, beim Bibelkreis. Das kann sich niemand mehr vorstellen, was das hieß, Bibelkreis statt BDM. Terroristin ist nichts dagegen. Ich habe einfach nicht in die Zeit gepaßt.

Mit sechzehn, siebzehn Schulabschluß, anschließend Arbeitsdienst. Auf einem Bauernhof in Norddeutschland, nicht weit von der Küste. Schweinemast. Ich kann Ihnen sagen! Dieser Gestank! Und das mir! Ich habe immer an die Wäschestapel meiner Mutter gedacht, wie frisch gefallener Schnee. Aber das Schlimmste war der Schlachttag.

Auch meine zweite Heimat bin ich von einem Tag auf den anderen los gewesen. Auf dem Bauernhof hat sich niemand für die Kirche, für einen Küster oder das Orgelspiel interessiert. Und dabei hatte ich doch einen Vertrag mit dem lieben Gott geschlossen und mir fest vorgenommen, Missionarin zu werden.

Während die anderen Mädchen zum Dorfball gingen, sich in den Schützenkönig vergafften und es, weil sie den nicht bekamen, am Waldrand oder in der Scheune mit einem anderen trieben, habe ich in meiner Kammer vor dem Spiegel gestanden, Grimassen geschnitten, die Lippen rot gemalt, geglotzt und irgendwann zum Spiegel gesagt: Du bist schön!

Ja! Sie merken doch, wie ich mich beeile. Das meiste lasse ich schon weg. Was ich Ihnen sonst noch alles erzählen könnte. Zum Beispiel Weihnachten 39. Von der Kanzel aus hat der Pfarrer die jungen Männer aufgefordert, sich freiwillig zu melden. Wahnsinn! Weihnachten 39 – hören Sie, das ist wichtig! – habe ich mich vom lieben Gott verabschiedet und mein Abendgebet eingestellt. Mit einer Firma, die solche Mitarbeiter duldet, wollte ich nichts mehr zu tun haben.

Sie müssen sich das so vorstellen: Oben am Himmel immer mehr Flugzeuge. Weit weg, über der Stadt haben sie sie abgeworfen, ihre schrecklichen Bomben.

Grauenhaft? Das können Sie wohl sagen. Überall im Dorf Flüchtlinge. Immer mehr Angst, immer mehr Gerede. Und Hunger.

Hier muß man ja auch um alles betteln. Ich meine, daß man etwas bekommt, was man auch bewältigen kann.

Sie verstehen nicht? Mal ganz drastisch gesagt: was nützt Ihnen ein frisches Mohnbrötchen, wenn die Prothese scheuert. Haben Sie das schon mal versucht?

Verzeihen Sie, Sie sind ja erst Anfang Fünfzig. Mein Kurzgedächtnis, wie die das hier nennen, funktioniert manchmal schlecht. Kurzzeitgedächtnis! Allein das Wort. Und das Langzeitgedächtnis? Ich hatte ein langes Leben – wer kann das denn alles behalten! Das kann auch das beste Langzeitgedächtnis nicht. Aber das Wichtigste ist hängengeblieben. Darauf können Sie sich verlassen. Sonst hätte ich Ihnen das gleich gesagt. Das Wichtigste vergißt man nie! Nur noch einen Augenblick bitte! Wie spät ist es?

Vier? Dann haben wir noch eine Stunde Zeit. Abendbrot ist um fünf.

Ich war damals dreiundzwanzig, eine junge Frau. Und eines Abends am Tisch hat der Bauer geschimpft, ich solle zusehen, daß ich unter die Haube komme. Es wird Zeit, und das Essen knapp. Er könne mich doch nicht eine Ewigkeit durchfüttern. Durchfüttern, das hat er tatsächlich gesagt. Als sei ich ein Schwein. Dabei war ich mager wie ein Huhn. Seine Frau hat gelacht, da müsse ich mich aber beeilen, die meisten jungen Männer hätten ja bereits ins Gras gebissen. Nachts habe ich sie in der Kammer streiten hören. Das heiße Heldentod! Richtig gebrüllt hat er. Was ihr einfiele, in meiner Gegenwart von Ins-Gras-Beißen zu reden. Das könne sie beide den Kopf kosten, bei mir sei man ja nicht sicher. Aber seine Frau hat ihn beruhigt, ich wisse ja noch nicht einmal, wer Adolf Hitler sei. An liebsten hätte ich gegen die Wand geschlagen. Aber es kam noch schlimmer: Bei mir seien doch längst alle Züge abgefahren.

Am nächsten Morgen habe ich gekündigt und bin in die Stadt gezogen. Lieber dort untergehen, als auch nur noch einen Tag länger auf dem Hof bleiben! Und da habe ich dann begriffen, was eigentlich los war.

Interessant! Ihr Vater? 1945 in Italien? Ach, das tut mir leid. Es ist schlimm, wenn ein Kind seinen Vater nicht wenigstens einmal im Leben sehen kann. Aber trotzdem wissen Sie deswegen noch lange nicht, wie es 43/44 hier aussah. Ich kann Ihnen sagen! Ich hatte keine Wahl. Um überleben zu können, habe ich irgendwo mit angepackt. Auf die Weise bin ich Krankenschwester geworden.

Dann ist Gerold gekommen. Mein Mann. Obwohl – wir haben nie geheiratet. Aber das spielt heute ja keine Rolle mehr. Sind Sie verheiratet?

So so. Geschieden. Na, ich halt mich da raus. Dafür gibt es tausend Gründe. Neurosen, Psychosen, Schweißfüße –

Wie ich darauf komme? Nur so. Wenn Sie gesehen hätten, was ich alles zu sehen bekommen habe, würden Sie sich über nichts mehr wundern. Als Krankenschwester kriegt man so ziemlich alles mit, was zwischen Himmel und Erde passieren kann. Oder zwischen Himmel und Hölle, wie Sie wollen.

Also, Gerold ist nicht gekommen, er hat ganz plötzlich dagelegen. Wie die vielen anderen zerschossenen Männer auch, die ich versorgt habe. Er hat dagelegen, mit weit aufgerissenen Augen, Schweißperlen auf der Stirn. Wundbrand nach schlecht versorgtem Steckschuß in der Schulter. Ich habe mich zu ihm gebeugt, alles getan, was nötig war, und dazu auch noch das Kissen aufgeschüttelt. Und wissen Sie was? Dieses bleiche eingefallene Gesicht hat sich bedankt. Flüsternd. Für diese kleine zusätzliche Aufmerksamkeit!

Sie müssen mich jetzt nicht mißverstehen. Auch ich kann Leute, die ständig von sich reden, nicht leiden, aber wenn Sie mich verstehen wollen, muß ich das erwähnen. Gerold wurde mein Leben! Jede freie Minute habe ich für ihn geopfert, Tag und Nacht an seinem Bett gewacht. Und das Wunder ist geschehen: Seine Liebe hat mich schön gemacht!

Warum lachen Sie? Ich habe einfach vergessen, daß ich häßlich war. Mal ganz direkt gesagt: Deutschland lag in Schutt und Asche, und ich bin glücklich gewesen. Wissen Sie, was Schwarzmarkt bedeutet?

Halb und halb? Also nicht. Und ich werde Ihnen auch nicht verraten, was ich alles gestohlen habe, um an das Serum zu kommen. Egal. Er hat überlebt. Er war damals übrigens schon Anfang Vierzig. Also sozusagen aus dem Gröbsten raus. Selbst meine mageren Hüftknochen haben ihn nicht gestört.

Und dann sind irgendwann seine Mutter und seine Schwester gekommen. Er wurde in das Verwaltungsgebäude gerufen, und als er zurückkam, hat er geweint. Stellen Sie sich das mal vor! Für mich, eine Waise, gab es nichts auf dieser Welt als diesen Mann. Ich wußte zwar, daß es seine Heimatstadt war, aber an eine Familie hatte ich nie gedacht. Er hat mir immer nur von der Front erzählt, von seinen Kameraden. Darauf, daß irgendwo irgend jemand auf ihn warten könnte, bin ich nie gekommen. Wie denn auch? Auf mich hat noch nie jemand gewartet. Mich hat keiner vermißt.

Seine kleine Schwester habe sich so gefreut, daß er noch am Leben sei! Ich müsse das verstehen – sie sei übrigens fast genau so alt wie ich. Diesen Satz habe ich nie vergessen, und ich bin mir sicher, daß es Ihnen in meiner Lage genauso gegangen wäre. Ich bin damals immerhin fast sechsundzwanzig gewesen. Wieso also *kleine* Schwester und überhaupt, was ging die mich an? Kann man eifersüchtig auf eine *kleine* Schwester sein? Zu merkwürdig.

Der Tag der Entlassung war die Katastrophe für mich. Ich kann Ihnen sagen!

Ist mir auf einmal warm. Das regt mich immer noch fürchterlich auf, wenn ich daran denke. Frühling 46. Ob Sie bitte das Fenster da vorne einen

Spaltbreit öffnen könnten? Danke schön. Wissen Sie, hier, aus diesem Altenheim, kommt ja keiner mehr raus.

Ich soll Sie nicht erschrecken? Von uns Insassen, meine ich. Die Besucher sind was anderes, die können wieder gehen, die gehören ja zu der anderen Kategorie Mensch, der besseren.

Die Entlassung aus einem Krankenhaus dagegen ist eigentlich doch etwas ganz Normales. Vorausgesetzt, daß nichts schiefgeht. Vorausgesetzt, daß nicht irgendeiner gepfuscht hat. Wenn ich Ihnen erzählen würde, was ich alles erlebt habe –. Aber gut, wir wollen nicht den Herrgott spielen. Letztlich gehört auch das wohl zum Schicksal, welchem Arzt oder welcher Krankenschwester man über den Weg läuft. Vorausgesetzt, man glaubt an das Schicksal. Was meinen Sie, gibt es etwas, was alles lenkt, oder ist alles reiner Zufall?

Sie wissen es noch nicht? Dann beeilen Sie sich mal! Darüber muß man sich klar werden. Wer weiß, wieviel Zeit einem noch bleibt? Gerold ist schon mit Mitte Vierzig gestorben. Ich glaube übrigens an das Schicksal – allerdings mit kleinen Einschränkungen. Ich bin nämlich der Meinung, daß man ihm in entscheidenden Momenten nachhelfen, sozusagen ein bißchen auf die Sprünge helfen muß. Wenn ich Gerold zum Beispiel nicht das Serum auf dem Schwarzmarkt – er wäre gestorben, noch im Krankenhaus.

Kurzum, er wurde entlassen, und ich bin verzweifelt gewesen. Solange es ihm schlechtging, hat er mir gehört. Ich bin sozusagen sein Engel gewesen, alle Botschaften erhielt er durch mich. Natürlich hätte ich ihn gern unter meinen Flügeln behalten. Für immer.

Gib mir deine Adresse! Ja, meine Adresse. Oh, wie ich mich geschämt habe! Habe ich meine Wohnung schon erwähnt?

Nicht? Warum sehen Sie denn andauernd auf die Uhr? Wir haben doch Zeit. Auf mich wartet keiner.

Abendbrot? Ja, natürlich, man muß pünktlich sein, aber gerade die Kleinigkeiten sind wichtig, die machen das Leben aus. Eine und noch eine und noch eine. Ich habe da meine Erfahrungen, ich weiß, wovon ich rede.

Also, um es kurz zu machen: Ich hatte nämlich noch gar keine Wohnung, sondern nur ein schmales Zimmer. Ich hatte ein Bett, einen Tisch, eine Kleiderstange, ein paar Kartons, ein bißchen Geschirr. Das kann man sich heute gar nicht mehr vorstellen! Selbst die alten Leute hier im Heim beschweren sich andauernd. Als ob die Welt einstürzt, wenn der Fernseher mal kaputt oder das Klo verstopft ist. Die meisten hier tun so, als seien sie in einem Palast mit zwölf Zimmern großgeworden. Und dabei haben sie doch alle, wie sie hier zusammenhocken, den Krieg mitgemacht, in Kellerlöchern gehaust und tagelang auf einer Brotrinde herumgekaut. Wenn ich nur daran denke! Das Paar da hinten, auf der Bank, ja, die beiden, die schon die ganze Zeit zu uns herübergaffen, wenn die anfangen zu erzählen. Sie würden Ihre Beine in die Hand nehmen. Der reinste Horror, was die erlebt haben. Und geradezu versessen sind sie darauf, ihn immer wieder zu erzählen. Ich rate Ihnen, wenn Sie nachher gehen, kein Wort an die zu richten, sonst kommen Sie vor Mitternacht nicht weg. Das einzig Gute an diesem Zimmer war, daß es im ersten Stock lag. Sozusagen Fernsicht. Um mich herum alles platt! Aber es hat mir nichts ausgemacht. Mein Leben hat sich eigentlich nur im Krankenhaus abgespielt. Draußen, da kam ich gar nicht vor.

Aber als Gerold mich um meine Adresse bat, habe ich mich doch geschämt. Und trotzdem. Wir hatten eine wunderbare Zeit!

Heutzutage erzählt man sich wohl jedes Detail, nicht wahr? Wenn ich die Schwestern hier so höre. Aber in dieser Hinsicht bin ich ein bißchen altmodisch. Meiner Meinung nach geht es niemanden etwas an, was ein über vierzigjähriger zerschossener Soldat mit seiner Krankenschwester in deren Zimmer getan hat oder nicht. Fragen jedenfalls habe ich ihm keine gestellt. Ich hatte keine Ahnung davon, wie er lebte, wo er wohnte, was mit seiner Mutter und der kleinen Schwester war. Er brauche noch Zeit, hat er immer wieder gesagt, und ich habe geschwiegen, weil ich mich vor nichts mehr fürchtete, als ihn zu verlieren.

Welcher Jahrgang sind Sie?

1945? Ach ja, das haben Sie gesagt, daß Sie einundfünfzig sind. Dann haben Sie immerhin noch ein paar Trümmer mitgekriegt.

In Hamburg? Dahin kommen wir noch.

Ganz langsam hat das normale Leben wieder angefangen, überall wurde aufgeräumt und neu gebaut. Ganz allmählich sind die Menschen aus ihren Löchern gekrochen. Aber wie wir ausgesehen haben! Wie schlotternde – na, die da am Eingang der Hölle. Wissen Sie, diese –

Ach, Sie haben studiert? Dann brauche ich ja nichts weiter zu erklären. Ich habe nur die Volksschule besucht, und den Rest hab ich im Leben gelernt. Und in der Gemeindebibliothek. Ich mache mir meine Gedanken. Jeden Tag. Aber hier kann ich ja mit keinem mehr reden, und der Pastor malt mit uns nur Ostereier an. Oder kommt, wenn es ans Sterben geht. Wissen Sie noch, wie das Vaterunser geht, Frau Kruse? hat er mich neulich gefragt, und ich habe geantwortet, Sicher, auch wenn ich es Weihnachten 45 zum letzten Mal gebetet habe. In Hamburg habe ich später Fortbildungskurse besucht – aber egal. Wie bin ich denn jetzt darauf gekommen.

Ach, ja! Und daß ich nicht die Schönste war damals, habe ich erst wieder bemerkt, als Gerold sagte, er habe Arbeit gefunden. An der Universität. Nichts Besonderes. Aber er würde jetzt nicht mehr so oft kommen können. So oft! Genau besehen haben wir nämlich immer nur wenige Stunden miteinander gehabt, und über Nacht ist er nie geblieben.

Mit dem Wort Universität war wieder da, was ich vergessen hatte. Meine roten Haare, die schiefen Zähne, die Sommersprossen. Alles! Aber ich habe nicht aufgegeben, ich habe gekämpft. Die Liebe zu Gerold hat mich –

Was ich getan habe? Ihm nachspioniert. Richtig! Eine Abends, als er ging, bin ich ihm gefolgt. Eine der scheußlichsten Nächte meines Lebens! Glauben Sie mir! Ein langer Weg, vorbei an Trümmerfeldern. Bis zum Hals habe ich mein Herz schlagen hören und immer gefürchtet, auch die Gestalt vor mir könnte es hören.

Ob Sie verstehen werden, was ich Ihnen jetzt sage? Angst und schlechtes Gewissen waren wie weggewischt, als ich ihn plötzlich ein Gartentor öffnen, zwischen Obstbäumen hindurch auf ein erleuchtetes Haus zugehen und darin verschwinden sah. Haus und Garten! Wie verraten habe ich mich auf einmal gefühlt.

Ich weiß nicht, wieso, ich habe mich nicht wiedererkannt, aber ich habe mich an eins der erleuchteten Fenster herangeschlichen, am Sims hochgezogen und hineingesehen. Und wissen Sie, was ich sah?

Eine Frau. Ja, natürlich, aber das war nicht das Entscheidende. Sie sah aus wie ich! Da drinnen am Tisch saß mein Gesicht – Gerolds kleine Schwester. Sie hatte ein Buch in der Hand und sah auf, als er ins Zimmer kam.

Woher ich wußte, daß es seine Schwester war? Muß ich denn alles erklären? Er hat mich geliebt, weil ich aussah wie seine kleine Schwester.

Kaum zu beschreiben! Vor Schreck bin ich rückwärts auf den Rasen gestürzt und habe mir den Knöchel verstaucht. Wenn ich im Schuppen nicht das Fahrrad gefunden hätte, wäre ich in der Nacht nicht mehr nach Hause gekommen, das können Sie mir glauben.

Noch heute tut mir dieser Knöchel weh, und jedesmal, wenn ich eine der Schwestern bitte, Salbe draufzutun, höre ich: Huch, ist der schief! Und ich sage dann: nicht nur der. Dann gucken die blöd. Die haben überhaupt keinen Humor. Mein ganzes Leben ist schief. Das werden Sie inzwischen wohl begriffen haben. Haben Sie jemals versucht, in einem Rock auf allen vieren über den Rasen zu kriechen?

Sie verstehen nicht? Egal – das dauert sonst wirklich zu lange, jedenfalls habe ich es geschafft, nach Hause zu kommen. Das war die Hauptsache.

Gerold hat sich furchtbar erschrocken, als er mich sah, und mich gleich ins Krankenhaus schaffen wollen. Und ständig von einer schwarzen Nacht geredet. Seiner Schwester hätten sie das Fahrrad geklaut, weil er versäumt habe, den Schuppen abzuschließen. Sie hat ihm eine schreckliche Szene gemacht.

Du liebst sie sehr? Ja, zum ersten Mal habe ich ihn nach seiner Schwester gefragt, und wissen Sie, was er mir geantwortet hat: Ja, sie erinnert mich ein bißchen an dich!

Glauben Sie mir, dieser Satz hat mich fast umgebracht. Jede Frau lebt doch in der Vorstellung, die Einzige zu sein. Kennen Sie das?

Nicht? Ist das denn nur früher so gewesen? Ja, ja! Ich weiß, ich bin gleich fertig.

Wenn ich nicht allen Mut zusammengenommen hätte, ihm eine Gegenfrage zu stellen, wäre wohl

Schluß gewesen. Oder ich dich an sie? Die Kardinalfrage zwischen Gerold und mir.

Man muß mutig sein. Nur dann kommt man weiter. Ohne Mut verändert sich gar nichts. Er ist jedenfalls geblieben, das erste Mal seit der Entlassung aus dem Krankenhaus ist er über Nacht geblieben. Und als ich vier Wochen später feststellte, daß ich schwanger war, bin ich glücklich gewesen.

Natürlich haben wir in dieser Nacht auch viel geredet. Was denken Sie denn! Er hat mir von sich erzählt. Seine Mutter hat versucht, die Schwester abzutreiben, diesen Spätling von vorneherein abgelehnt. Sie hatte sich schon zu alt für das Kind gefühlt. Sein Vater, ein Tischler, ist während der Schwangerschaft seiner Frau an der Staublunge gestorben. Gleich nach der Entbindung ist die Mutter auf die Psychiatrische gekommen, und er, der fast zwanzig Jahre ältere Bruder, Vater für die kleine Schwester geworden. Später muß die Mutter dann geradezu vernarrt in das Mädchen gewesen sein.

Wie spät ist es? Halb fünf? Jetzt müssen wir uns wirklich beeilen. Ich kann Sie hier ja nicht mal zum Essen einladen, alles abgezählt bis zum Senfkorn auf der Gurke.

Also, aus einem verstauchten Knöchel ist ein Kind geworden – im dritten Monat hatte ich es ihm sagen wollen. Hochromantisch! Der erste gemeinsame Urlaub in einem kleinen Badeort an der Nordsee, Wellenrauschen, Möwengeschrei – und nur wir beide. Frauen haben eben so Vorstellungen. Wendepunkt des Schicksals. Er wird sich für mich entscheiden. Das Kind aus der Wäscherei hat es geschafft. Ganz große Töne spukten in meinem Kopf.

Ob Sie mir bitte noch einmal mit dem Taschentuch behilflich sein könnten? Sie müssen mir verzeihen, aber immer, wenn ich an diesen Abend im August 48 denke, kommen mir die Tränen. Gerold hat es nämlich nie erfahren, daß ich schwanger war.

Nie werde ich das Geräusch dieser Wiederbelebungsmaschine vergessen! Dieses Pumpen. Ich höre es jetzt noch, schrecke hoch und sehe alles wieder genau vor mir. Den hellen Strand, die dunkle Menschentraube im Mondlicht, alles von oben. Vom Fenster unseres kleinen Zimmers aus. Wir hatten mit Blick auf die Promenade gemietet. Ich habe sofort gewußt, was los war. Ich hatte es geahnt, als er bei Einbruch der Dunkelheit noch einmal hinunterlief, um in die Brandung zu springen. Irgend jemand hat mir später gesagt, er habe den Eindruck gehabt, seine rechte Schulter habe sich plötzlich nicht mehr bewegt. Die Schulter! Ich hätte es wissen müssen, daß sie nicht mehr für Wellen und Brandung geeignet war – was habe ich mir für Vorwürfe gemacht!

Komisch, in letzter Zeit habe ich mich manchmal gefragt, was wohl aus meinem Leben geworden wäre, wenn wir damals in die Berge gefahren wären. Vielleicht säßen Gerold und ich dann heute gemeinsam hier und warteten darauf, daß die Kinder oder die Enkelkinder mal vorbeikommen. Nicht auszudenken! Da bin ich *so* doch besser dran. Ich werde nicht daran verzweifeln, daß keiner kommt. Weil es keinen mehr gibt, der noch kommen könnte.

Noch mal zurück. Gegen Mitternacht haben sie die Wiederbelebungsmaschine abgestellt und Gerold in die Friedhofskapelle gebracht. Und bereits am nächsten Morgen haben Mutter und Schwester in der Tür gestanden, beide in Schwarz. Zwei Witwen, habe ich gedacht.

Eine unglaubliche Szene. Wer ich überhaupt sei, und so weiter und so weiter.

Sie müssen sich das so vorstellen: Ich, halb wahnsinnig vor Schmerz, unschlüssig, ob ich abreisen oder ihm nach ins Meer springen soll – und plötzlich diese zwei Krähen in meinem Zimmer. Der irre Blick der Mutter, immer hin und her zwischen dem Bett und Gerolds Hut und Mantel am Haken hinter der Tür. Und das bleiche Zwillingsgesicht: nur

Haß! Natürlich hat die Schwester sofort begriffen, daß ihr das Wichtigste in Gerolds Leben entgangen ist. Und nun war er tot, und ich war schuld daran.

Ich konnte sie sogar verstehen! Auch für mich ist Gerold alles gewesen, vor ihm war keiner, und keiner ist auf ihn gefolgt. Er hat mich, ein rothaariges Kind aus der Wäscherei, trotz allem geliebt. Gern wäre ich auf die Schwester zugegangen, hätte sie in die Arme geschlossen und gemeinsam mit ihr geweint. Aber die Mutter mit ihren weißen, mondartig um den Kopf leuchtenden Haaren stand zwischen uns. Niemals hätte sie mir auch nur die Hand gereicht.

Als ich ihnen gesagt habe, daß ich schwanger sei, ist es endgültig aus gewesen. Wegmachen, bis heute bin ich es nicht losgeworden, dieses Wort.

Und immer wieder Gerolds Gesicht in gurgelndem Wasser, Hilfeschreie, und über allem das bleiche Zwillingsgesicht. Wochenlang. Schweißgebadet habe ich in meinem Bett gesessen. Vielleicht ist es das gewesen? Im fünften Monat hat sich das Kind auf und davon gemacht. Ich habe noch erfahren, daß es ein Junge war. Ein kleiner Gerold. Sie haben mich auf dem Flur des Krankenhauses gefunden. Eine Fehlgeburt ist eine häßliche Sache.

Nur einmal in meinem Leben habe ich sie wiedergesehen, ungefähr zehn Jahre später. In einer

Zeitung. In Österreich. Ziemlich groß und in Farbe. Haben Sie das schon mal erlebt? Sie schlagen eine Zeitung auf, und jemand, den Sie kennen, sieht sie an?

Ja? Interessant. Man erschrickt furchtbar, nicht wahr? Richtig unheimlich ist das. Bei mir kam noch hinzu, daß mir diese Frau wie aus dem Gesicht geschnitten war.

Ich hatte Urlaub und saß in einer kleinen Pension am Frühstückstisch. Ganz gemütlich, ganz zufrieden. Wann kann eine Krankenschwester schon mal Urlaub machen. Eigentlich wird sie immer gebraucht. Immer ist Not. Immer stirbt gerade einer, oder einer kommt auf die Welt. Die Türen von hüben nach drüben, ein ständiges Aufundzu. Und dann das! Ich bin gleich wieder abgereist. Ich habe gefürchtet, mit ihr verwechselt zu werden. Auch sie ist Krankenschwester gewesen. »Die Hexe aus der Vorstadt«, große Überschrift. Sie soll eine ältere Patientin vergiftet haben. Wenn ich gemein wäre, würde ich sagen, mit *dem* Gesicht ist ihr ja auch gar nichts anderes übriggeblieben. Aber Schluß jetzt. Ich bin absolut nicht der Meinung, daß man sich irgend etwas herausnehmen oder den Herrgott spielen darf, nur weil man mit so einem Gesicht auf die Welt gekommen ist.

Nach Gerolds Tod habe ich sie nicht wiedergesehen. Die Anzeige haben die allein aufgesetzt, mir nicht einmal mitgeteilt, wann seine Beerdigung war. Grausam, oder?

Ob ich Sie bitten darf, auch noch das zweite Fenster zu öffnen? Ja, danke schön, bestimmt ist hier wieder schlechte Luft. Da, wo alte Leute sind, ist immer schlechte Luft. Ich muß wohl nicht deutlicher werden. Manchmal platzt mir fast der Kopf.

Was soll ich Ihnen noch erzählen. Nach Gerolds Tod und der Fehlgeburt war eigentlich auch für mich Schluß. Ich bin dann Hebamme geworden. Ende der fünfziger Jahre jedenfalls bin ich nach Hamburg gekommen und habe eine schöne Wohnung gemietet, mit Teppichboden und Kühlschrank. Alles, was der Mensch so braucht. Wunderbar! Sogar Geranien auf dem Balkon hatte ich –

Warum ich das erwähne? Das kann nur jemand fragen, der nie wirklich arm gewesen ist.

Nein, ich nehme gar nichts übel. So empfindlich bin ich nun auch wieder nicht. Ich habe im Laufe eines langen Lebens gelernt, die Dinge so zu nehmen, wie sie sind. Wenn man mehrere Leben hätte, würde ich – aber zurück! Im Marienkrankenhaus, auf Station, bin ich beliebt gewesen. Nach und nach hat sich das Mädchen aus der Wäscherei nach oben geracktert. Wenn meine Eltern mich gesehen hätten! Meine Mutter hätte die Hände über dem Kopf zusammengeschlagen. Vor Stolz!

Ich habe mich gebildet. Horizonterweiterung nennt man das heute, glaube ich. Sagten Sie nicht vorhin, daß Sie studiert haben. Dann gehören Sie ja zu denen, die mit goldenen Löffeln auf die Welt gekommen sind. Manche Menschen haben eben von vorneherein Glück. Über mich hat sich wahrscheinlich irgendeiner immer nur lustig gemacht. Können Sie sich vorstellen, daß ich mal ein Rotschopf war? Auch die vorstehenden Zähne sind natürlich längst weg. Insofern – die reinste Altersschönheit. Sie lachen! –

Sie haben mich gekannt? Jetzt bin ich aber platt! Warum haben Sie das denn nicht gleich gesagt?

Das muß ich mißverstanden haben. Ich hatte angenommen, Sie interessiert nur ein Akteneintrag. Das ist ja was! Leider kann ich mich nicht an Sie erinnern. Wann, meinten Sie, haben wir uns gesehen? Am 5. September 68? Ach ja, jetzt fällt es mir wieder ein. Ein ganz wichtiger Tag. Hier behaupten ja einige, ich hätte einen richtigen Tick mit diesem Tag.

Zum Teufel, ausgerechnet jetzt der Junge mit dem Getränkewagen, jetzt kann ich leider nicht weiterreden, oder ich muß flüstern. Können Sie mich verstehen? Gut. Der hat nämlich neulich während der Visite behauptet, ich erzähle diese Geschichte inzwischen mindestens dreimal am Tag, das hielte er bald nicht mehr aus. Ich hätte wohl einen Horrorfilm falsch gespeichert. Das müssen Sie sich mal vorstellen, was für Frechheiten man sich hier gefallen lassen muß. Die jungen Leute haben keine Ahnung davon, worum es wirklich geht. Und vor allem, wann man die Weichen stellen muß. Wiederhole ich mich? Sie machen so ein gequältes Gesicht.

Nein? Also, nichts für ungut. Aber dem Zivi würde ich am liebsten mal mit der Krücke über den Schädel hauen, damit er kapiert, was ein Horrorfilm ist.

Passen Sie auf: Am 5. September hat ein Ami seine Frau auf Station gebracht. Er, ein Bär von Mann, ich glaube, ich habe das schon erwähnt. Sie nichts Besonders. Aber egal. Junges Paar, erstes Kind, großes Glück. Alles abgesprochen, bis ins letzte durchorganisiert. Privatpatientin, Zweibettzimmer – mehr brauche ich wohl nicht zu sagen. Die ersten Wehen, und so weiter und so weiter. Er hat sich gewünscht, dabei zu sein – kein Problem. Im Marienkrankenhaus waren wir schon damals ziemlich modern.

Gegen Abend ist mir dann auf dem Flur das junge Ding über den Weg gelaufen. Sechzehn, siebzehn. Spindeldürr, weite Pupillen, Riesenbauch. Hopplahopp war der Winzling da. Ich hab die Kleine gerade noch in den Kreißsaal schaffen können. Typisches Suchtkind, ob sie es gleich dalassen könne. Sofort nach dem Frühstück ist das Miststück weg gewesen. Gottlob hat sie in der Nacht wenigstens die Formulare unterschrieben. Sonst hätte ich die nämlich noch mit der Kriminalpolizei – Wissen Sie, das gibt's nämlich auch: erst weggeben und dann wiederhaben wollen. Nicht bei mir! Entschieden ist entschieden – auch ein Winzling muß seine Rechte haben.

Bei der anderen ging's nicht so fix. Irgendwann ist es mir zu riskant geworden, und ich habe den Chefarzt geholt. Bei Privatpatientinnen hole ich immer den Chefarzt, man weiß ja nie, was die einem später sonst noch alles – Also gut, Narkose, nichts Dramatisches, alles Routine. Aber immerhin Kaiserschnitt! Der Vater allerdings ist rausgeflogen. Das kann man ja nun wirklich keinem zumuten, mit anzusehen, wie die eigene Frau aufgeschnitten wird. Und überhaupt: Geburten sind eigentlich alles andere als was zum Ansehen. Was daran nun so schön sein soll! Meistens schrappen die Beteiligten haarscharf am Tod vorbei und merken es nicht.

Ein prächtiger Junge! Einer von der Sorte, die das Leben packen. Ja, das sieht man gleich.

Das glauben Sie nicht? Warum gucken Sie denn so? Mit ein bißchen Erfahrung sieht man das. Was Eltern sich einbilden! Einfluß, Erziehung. Alles Pustekuchen, Petersilie auf dem Kinderteller! Jeder ist das, was er ist. Von vorneherein. Vielleicht kommt man sogar von irgendwoher – da bin ich mir noch nicht so ganz sicher. Glauben Sie an ein Jenseits, ich meine, an ein Jenseits vor der Geburt?

Was machen Sie denn jetzt schon wieder für ein Gesicht! Man wird ja wohl noch eine Frage stellen dürfen. Egal, ich brauche erst noch mal mein Taschentuch.

Nein! Keine Tränen. Neuerdings läuft mir beim längeren Reden immer die Spucke aus dem Mund. Nicht zu ändern. Das Schreckliche am Altwerden ist, daß man vieles nicht mehr ändern kann, und eines Tages – Danke sehr! Dahinten auf dem Bord steht übrigens eine Schachtel mit Zellstoff – ob Sie die vielleicht? – Das Taschentuch kann man ja wirklich niemandem mehr zumuten. Vielen Dank! Wo war ich stehengeblieben?

Ach ja, bei den beiden Kindern. Irgendwann bin ich dann mit ihnen allein gewesen. Mit dem Winzling und dem Prachtstück. Wir waren personalmäßig mal wieder unterbesetzt. Urlaubszeit, Nachsaison.

Kennen Sie das, diese Stimmung nachts auf Station, wenn alles schläft, die Flure hell erleuchtet und die eigenen Schritte überlaut sind? Irgendwo piept und summt es, nur die Technik wacht, und die Nachtschwester. Für ein paar Stunden ist sie der Herrgott. Alle sind abhängig von ihr. Eine merkwürdige Situation.

Ich habe mir die beiden angesehen, Wohlgefallen an dem einen und Mitleid mit dem anderen gehabt. Unendliches Mitleid. Und plötzlich ist es dann passiert: Ich habe diese Lust gespürt. Ja, Lust.

Nein, doch nicht so, was denken Sie denn, das läßt ja tief blicken. Lust einzugreifen, meine ich, etwas in Ordnung zu bringen, was eindeutig in Unordnung geraten und obendrein bodenlos ungerecht war. Ein unvorstellbares Gefühl! Einmal in meinem Leben habe ich das bewirken können – ich selbst –, was ich als Kind in der Waschstube meiner Eltern so genossen habe: Ordnung und Harmonie. Ich habe dem Winzling die Chance gegeben, weil ich wußte, daß es seine einzige war. Sie verstehen, was ich meine?

Nicht? Also: Wohlstand und Mutterliebe einer intelligenten Frau können kleine Schönheitsfehler ganz leicht korrigieren, die Frau des Amis ist genau die richtige für ihn gewesen. Und ein Wohlgeratener schafft es überall. Ganz gleich wo. Der hatte Kraft! Als ich ihn so sah, habe ich gleich an das Ehepaar ganz oben auf der Warteliste gedacht, brave, nette Leute. Wenn ich's recht erinnere, ist er Gärtner gewesen, in einem Waisenheim. Und wer sich mit Waisenkindern abgibt, muß es auch mal gut haben im Leben.

Kurz und gut, die Namensschilder an den kleinen Zehen waren schnell vertauscht, weder die Mütter noch der Vater hatten ihr Kind gesehen.

Wollten Sie etwas sagen? Warum stehen Sie denn plötzlich auf? Ich bin gleich fertig. Und der Essenswagen steht erst vor dem Apfel. Setzen Sie sich doch noch eine Sekunde. Mir wird immer schwindelig, wenn jemand direkt neben mir steht und ich den Kopf so weit nach oben drehen muß. Ich möchte nämlich nicht, daß Sie mich mißverstehen und meinen, ich hätte Ihnen das alles nur erzählt, um mir was von der Seele zu reden. Ich habe nichts zu beichten – es ist für alle das beste gewesen. Ich habe ihnen noch geraten, ihn Georg zu nennen. Den Drachentöter, das würde ihn stärken. Der andere hieß Daniel. Auch den Namen habe ich nicht vergessen. Er hat wunderschön ausgesehen in seinem Körbchen, als sie ihn mitnahmen. Ich habe ihnen von Herzen alles Gute gewünscht.

Halt, warten Sie doch! Sie haben mir noch gar nicht gesagt, warum Sie das überhaupt interessiert. Wer sind Sie eigentlich?

# Daniel

Bitte setz dich wieder hin, und piano, wenn ich bitten darf, un poco piano! Ändern können wir sowieso nichts, und es bringt auch nichts, wenn du ständig hin und her rennst. Niemand ist uns auf den Fersen. Ich erzähle dir jetzt erstmal meine Version, und dann sehen wir weiter. Vielleicht kannst du –

Nein! bitte fang jetzt nicht wieder von vorne an und hör endlich auf zu weinen.

Auch ich muß mich erstmal sortieren, außerdem habe ich wahnsinnige Kopfschmerzen. Wenn du wüßtest, was ich hinter mir habe. Unter Festspielen kannst du dir so etwas wie eine Olympiade vorstellen. –

Ach, die Zeitungen, die haben ja keine Ahnung. Auch die Leute vom Feuilleton können mich mal. Alles Seifenoper. Aber egal.

Wie? Natürlich tut es mir leid. Wenn es dir hilft, kann ich es dir gern noch zehnmal sagen.

Eine Überreaktion? Ja, ist ja gut. Einem anderen Schnaps ins Gesicht zu schütten ist eindeutig eine Überreaktion. Ich will nichts beschönigen, wirklich nicht. Wenn ich eine Ahnung gehabt hätte, daß es dieses oberscharfe Zeug war, hätte ich vielleicht noch gebremst. Aber wie soll ich denn darauf kommen, daß er dir ausgerechnet das anbietet? Das kriegen eigentlich nur seine brasilianischen Freunde hingestellt – und die sind schon lange nicht mehr hiergewesen.

Du siehst doch, daß es ihm leid tut! Wie er da hockt, der arme Kerl, in seinem Korbstuhl, komm, Fernando, das kann doch kein Mensch mit ansehen. Nein? Nichts zu machen. Wenn er nicht will, dann will er nicht. Der hat auch seinen Kopf. Kannst mal sehen. Aber so verhält er sich wirklich nur, wenn es ihm ganz dreckig geht. Immerhin hat er doch mit Wasser und Lappen zur Wiedergutmachung beigetragen.

Nein, ich mache mich nicht lustig über dich, und du brauchst ihn auch nicht zu trösten. Niemanden mußt du hier trösten. Weder Fernando noch mich. Wir haben schon ganz andere Situationen gemeistert.

Etwas Schlimmeres gibt es nicht? Für dich vielleicht, unter deinem Himmel war wahrscheinlich immer hübsch aufgeräumt. Aber für ihn und mich sieht das etwas anders aus. Wir beide haben schon öfter von vorne angefangen. Alles eine Sache des Trainings, würdet ihr wahrscheinlich sagen. Übrigens wohnen wir seit dem letzten Sommer hier. Seit dem Tod meines Vaters.

Hör mir zu!

Fernando ist noch viel übler mitgespielt worden als mir. Als er sieben war, ist die Imbißstube seiner

Eltern in die Luft geflogen. Nur ihn hat man retten können, aber zu allen Übeln ist bei der Explosion auch noch sein Gehör draufgegangen. Und mit der Sprache ist leider auch nicht mehr viel los. Fast acht Jahre hat er bei uns im Heim gelebt, und als ich das Gärtnerhaus verlassen mußte, habe ich ihn mitgenommen. Vielleicht hat er es hier ein bißchen besser als anderswo.

Nein, sag jetzt nichts.

Wenn man anfängt, Erfolg zu haben, vergißt man nämlich schnell, woher man kommt. Dafür gibt es genügend Beispiele. Außerdem hilft er mir. Auch beim Abschirmen. Er ist schon mit ganz anderen Besuchern fertig geworden – Frauen in deinem Alter sind die schlimmsten.

Ich bin dran!

Mein Leben ist nämlich alles andere als falsch gelaufen. Ob dir das nun paßt oder nicht, daran wirst du dich gewöhnen müssen. Achtundzwanzig Jahre sind kein Witz. Was gäbe es für einen Grund, alles auf den Kopf zu stellen, nur weil ich jetzt weiß –

Sicher, es hat anders angefangen, als ich dachte und ist ganz anders verlaufen, als zunächst wohl geplant. Aber das spielt doch schon längst keine Rolle mehr. Was zählt, ist das, was ist. Punkt. Nichts anderes. Vielleicht stammen wir alle ja noch von ganz woanders her, als die Hebammen sagen, und sind vielleicht noch –

Moment!

für etwas ganz anderes bestimmt, als wir annehmen. Außerdem habe ich bis heute schon so oft Mutter und Vater gewechselt, daß mir, entschuldige, jetzt wirklich nichts uninteressanter ist.

Halt, ich bin noch lange nicht fertig! Ich habe dich auch ausreden lassen.

Mit Ray ist das etwas anderes. Mit dem bin ich schon lange durch.

Ja, ich habe ihn doch gesehen! In Zürich, auf der Hochzeit von Georg und Luzzy. Von der Empore aus. Als er die Kirche betrat, habe ich sofort gewußt: mein Vater!

Wieso? Du selbst hast mich doch darauf gebracht. Du selbst hast mir während des Flugs nach Zürich die Frage gestellt, ob nicht ein gewisser Ray Corner mein Vater sei. Der Kerl, mit dem du fünf Jahre verheiratet warst. Ich sähe ihm so verdammt ähnlich. Geradezu versessen darauf bist du gewesen, ihm seinen Seitensprung nachzuweisen und herauszufinden, wer die Dame seines fehlgeleiteten Herzens war. Und jetzt bist du sie selbst gewesen. Der Aberwitz spielt sich diesmal nicht bei anderen ab, sondern im eigenen Haus.

Damals, in der Kirche, hat mich zunächst eine

ungeheure Wut gepackt: Jetzt sitzt er da, der Sonnyboy, extra für die Hochzeit seines mickrigen Kronprinzen über den großen Teich geflogen, gibt bürgerlich Pfötchen und tut, als ob alles in Ordnung sei. Keiner von euch hätte mir geglaubt, wenn ich hinunter in das übervolle Kirchenschiff geschrien hätte, daß der vor achtundzwanzig Jahren einer Siebzehnjährigen ein Kind gemacht hat. Und daß dieses Kind jetzt oben auf der Empore sitzt und Geige spielen muß, weil es nicht der Bräutigam geworden ist. Aber am Ende der Zeremonie habe ich noch etwas anderes kapiert, und das hat mich so geschafft, daß ich kaum mehr spielen konnte, aber davon später. Ist eigentlich keinem von euch aufgefallen, wie miserabel ich war? Egal – zum Glück ist es ja kein Konzertsaal gewesen, kein Kritiker hat zugehört.

Georg hat mir von Anfang an leid getan. Trotz allem. Stell dir mal vor, wie das ist, wenn du gar nicht genau weißt, wie deine Braut aussieht, weil du so wenig von ihr siehst. Armer Kerl.

Nein, unterbrich mich nicht. Auch dazu möchte ich dir später noch etwas sagen.

Übrigens hätte ich dir vorhin am liebsten auch noch meine Geburtsurkunde unter die Nase gerieben. Als Beweis. Leider habe ich vergessen, in welcher Schublade sie liegt. »Mutter: Gesine Schröder, geboren 1951 in Hamburg, ledig, Beruf Kellnerin, Vater: unbekannt.« Ich kann sie immer noch auswendig. Tausendmal habe ich sie mir als Vierzehnjähriger aufgesagt. Und dann kommst du und behauptest, meine Mutter zu sein.

Verzeih, aber als ich dich vorhin kommen sah –

Ja, ich habe dich hinten vom Fenster aus kommen sehen – und plötzlich gedacht, daß ich diesen Ray Corner verstehen kann.

Warte ab! Ich bin doch gerade dabei, es dir zu erklären. Dazu mußt du nämlich wissen, daß ich erst heute morgen mit dem Nachtzug aus Salzburg zurückgekommen bin.

Ja, du hast Glück, gestern hätte Fernando dich vor der Tür stehen lassen.

Ich habe den ganzen Tag im Bett verbracht, dann bin ich aufgestanden und habe eine Weile aus dem Fenster gesehen. Und plötzlich das Auto. Ja, so ein Schlitten fällt auf in dieser Gegend. Und dann du. Ausgerechnet die Frau, die –

Du hast mich auch nicht geschont, und trotzdem bin ich dir nicht ständig ins Wort gefallen. Neugierig, charmant, arrogant, und so weiter. Na ja.

Ich habe gedacht, die ist wirklich zu allem fähig. Schon im Flugzeug und dann am Bühnenausgang habe ich ihr unmißverständlich zu verstehen gegeben, daß ich weder mit ihr noch mit ähnlichen

Damen etwas zu tun haben will. Und dann steht sie vor der Tür. Diese Dreistigkeit! Diese offenkundige Mißachtung meiner Person. Was denkt die sich eigentlich. Und in dem Moment habe ich mich gefragt, wie es ihm während eurer Ehe wohl ergangen und warum er fremdgegangen ist.

Ja, du hast richtig gehört. Nur darum habe ich plötzlich gemeint, das mit der Siebzehnjährigen zu verstehen. Sie muß nur ein bißchen weniger indiskret gewesen sein als du, und schon hätte sie gewonnen.

Das ist nicht das Letzte! Du selbst hast ihn doch verdächtigt und am Ende alles für möglich gehalten. Erst seit ein paar Stunden weißt du, wie es wirklich war und wie ungerecht du ihm gegenüber gewesen bist. Und ich weiß es jetzt. Insofern sind wir quitt. Er ist kein Schwein, und du bist keine penetrante Häkeldecke.

Nein, das war jetzt ein Scherz. Nimm es doch auch mal mit Humor.

Schwierig, ich weiß, schließlich ist er auch noch abgehauen. Nicht gerade fein. Aber sein Rückzug nach Amerika steht auf einem ganz anderen Blatt.

Vom eigenen Ehemann als Psychopathin angesehen zu werden, na, aber wenn ich dich richtig verstanden habe, bist du doch schon länger froh darüber, daß er weg ist.

Ich jedenfalls hatte nur den einen Wunsch: dich endlich los zu sein. Wenn ich dich nicht reinließe, würdest du wiederkommen, habe ich gedacht, jeden Tag, du würdest uns beide verrückt machen. Fernando war meine letzte Waffe gegen dich. Allein der permanente Sabber in seinen Mundwinkeln ist nicht jedermanns Sache, oder?

Komm, laß! Er hört auch mit tauben Ohren zu.

Beim zweiten Klingeln habe ich ihm verständlich gemacht, daß er dich reinlassen und mit dir in diesem Zimmer bleiben soll. Weiter nichts. Ich würde üben.

Daß ich längst begriffen habe, daß Ray Corner mein leiblicher Vater ist, ging dich, entschuldige, sowieso einen Scheißdreck an. Niemals hätte ich es dir von mir aus gesagt. Dir gegenüber habe ich mich mit ihm beinah solidarisch gefühlt. Seltsam, aber wahr. Wenn ich mir das jetzt alles so vorstelle.

Hast du gehört, was ich gespielt habe? Ja, Mozarts Violinkonzert G-Dur. Sozusagen unser Stück. Ursprünglich hat es sich eine Braut gewünscht. Die Braut, die einmal meine war und dann die meines Halbbruders wurde. Oder was ist Georg jetzt eigentlich für mich? Egal. Das spielt alles keine Rolle mehr.

Warte! Das ist alles nicht von heut auf morgen gekommen. Auch ich habe einiges durchgemacht.

Und die achtundzwanzig Jahre waren alles andere als ein Witz. Beinahe hätte ich mich wegen Luzzy sogar umgebracht, aber –

Als ich ins Zimmer kam, hatte ich dich, ehrlich gesagt, völlig vergessen. Wenn ich Geige spiele, vergesse ich alles. Wunderbar!

Warum ich dir das sage? Um dir begreiflich zu machen, daß es genaugenommen ein Schock für mich war, als ich dich hier am Tisch sitzen sah.

Polizei, Hausfriedensbruch, Geschrei? – Ja, sicher, das versuche ich dir doch gerade zu erklären. Ein richtiger Schock. Auf Teufel komm raus will die mich überrumpeln, habe ich gedacht, sich mit einem miesen Trick Zugang verschaffen. Und das ist dir ja auch gelungen.

Gut, es war anders, aber in dem Moment – Ist das denn so schwer zu verstehen? Seit meinem vierzehnten Lebensjahr habe ich doch gewußt, wer meine leibliche Mutter ist. Ich habe es doch selbst herausgefunden, als für mich feststand, daß ich nicht der Sohn von Gerhard und Marliese Stein bin.

Stell dir vor: Jahrelang habe ich warten müssen, bis sie endlich einmal gemeinsam aus dem Haus waren. Und dann bin ich gründlich vorgegangen. Zwei Tage lang. Ich glaube, sie waren zu einer Beerdigung. Im Keller habe ich angefangen, und als ich, auf dem Boden angekommen, immer noch nichts gefunden hatte, von neuem begonnen. In der alten Kommode unter dem Weihnachtsschmuck, unter Lametta, Kerzen und den Krippenfiguren habe ich sie endlich gefunden – Geburtsurkunde, Adoptionsformular, Impfscheine, die Entlassung aus der Säuglingsstation des Marienkrankenhauses in Hamburg. In einer braunen Mappe. Ich habe alles gründlich gelesen, an seinen Platz zurückgelegt und die Schublade wieder zugeschoben. Ich hatte das Gefühl, frei zu sein.

Das verstehst du nicht? Hör zu. Von dem Moment an gehörte ich niemandem mehr. Meine Mutter hat mich anscheinend gleich nach der Entbindung dagelassen, also brauchte ich mir um sie keine Gedanken mehr zu machen. Für meinen leiblichen Vater bin ich, nach meinem Verständnis, allenfalls ein Unfall gewesen.

Die ganze Nacht habe ich wach gelegen und mir vorgenommen, den Staub von meinen Füßen zu schütteln und weiterzugehen – ein Motiv, das wir gerade im Konfirmandenunterricht durchgenommen hatten und das mir sehr zu Herzen gegangen war. In der Nacht, in der ich begriff, ein ganz anderer zu sein, als ich angenommen hatte, habe ich beschlossen, Geiger zu werden – und weltberühmt! Ja, lach nur! Sollten die anderen sich doch grün und blau ärgern vor Neid auf den Sohn des Gärtners Gerhard Stein.

Natürlich habe ich begriffen, welchem Gewerbe meine Mutter nachgegangen ist. Auch ich hatte gehört, was Kinderohren eben so hören, wenn es nicht für sie bestimmt ist. Und Heimkinder untereinander sind nicht gerade zimperlich. Die ganze Truppe ein einziger Lotterhaufen von Nutten- und Hurensöhnen. Insofern habe ich Gerhard und Marliese ihr Schweigen verziehen, es eher als Rücksicht mir gegenüber gesehen. Wer wollte denn schon der Sohn von so einer sein! Alles, was ihnen möglich war, haben sie für mich getan, jedes Unheil abzuwenden versucht, und ich habe mir vorgenommen, es ihnen zu danken.

Trotzdem hat's mich eingeholt, ziemlich böse sogar. Aber gut, Marliese hat mir später verraten, sie habe in der Zeit viel für mich gebetet.

Manchmal hat mir Gerhard beim Üben zugesehen. Von draußen durchs Fenster, wenn er meinte, ich bemerke es nicht. Und als er tot war, hat Marliese gesagt, ich solle ihm verzeihen. Er sei fest davon überzeugt gewesen, ich werde noch dumm von all dem Gefiedel. Er habe es eben ein bißchen schwerer als sie gehabt, meine Begabung zu verstehen. Trotzdem hat er mich nicht zur Gärtnerei gezwungen, das rechne ich ihm hoch an. Irgendwie hat er mir auch leid getan. Er hatte sich einen Sohn zum Bohnensetzen und Umgraben gewünscht, doch nicht so einen. Was sollte der denn mit einem Geiger?

Manchmal habe ich ihn geneckt, ich sei nun einmal extra nur für ihn von der Wolke gerutscht, wenn er mich nicht gewollt hätte, wäre ich ganz bestimmt oben geblieben. In solchen Momenten hat Marliese ihr Taschentuch aus der Schürze gezogen, und Gerhard Stein hat das Zimmer verlassen, damit ich seine Tränen nicht sehe.

Die offizielle Mitteilung hatten sie für meinen achtzehnten Geburtstag vorgesehen. Mit frischem Hemd und weißer Bluse, einen Braten in der Röhre, hatten sie es mir sagen wollen, daß ich eigentlich gar nicht ihr Sohn – Ich werde nie vergessen, wie der Bierschaum auf der Oberlippe des Vaters klebengeblieben ist, als ich ihm zuvorkam. Er solle es gut sein lassen, ich wüßte schon lange Bescheid, und es sei auch in Ordnung so. Die braune Mappe ist auf der Anrichte liegengeblieben. Und Monate später hat Marliese gesagt, einen Moment lang habe sie gefürchtet, tot umzufallen, so habe sie sich erschrocken.

Geahnt hatte ich es schon lange. Eigentlich seit dem Tag meiner Einschulung. Marliese ist plötzlich sehr seltsam gewesen und hat mit den anderen getuschelt. Andauernd hat mir jemand über den Kopf gestrichen und mich mitleidig angesehen. Irgend etwas habe ich nicht kapiert, und auf dem ersten Klassenfoto kannst du einen ängstlichen Jungen sehen, der sich an seiner Schultüte festkrallt. Noch tagelang habe ich Glanzpapierfitzel unter den Fingernägeln gehabt.

Viel lieber wäre ich auf die Heimschule gekommen. Allein der lange Schulweg. Im Bus hatte ich immer Angst, und als ich einmal zu früh ausgestiegen und, anstatt auf den nächsten zu warten, zu Fuß weitergelaufen bin, ist alles komplett schiefgegangen. Irgendwo, spät abends, hat sich ein Polizist meiner erbarmt, und noch später ist mein Vater mit dem Fahrrad zum Polizeirevier gefahren. So zornig hatte ich ihn noch nie gesehen. Was mir einfiele, wenn ich jetzt schon damit anfinge. Während der Fahrt hat er sich in wüsten Beschimpfungen Luft gemacht. Bei ihm gebe es das nicht, herumtreiben. Ich habe gezittert, meine Arme von hinten um ihn geschlungen, mein Gesicht gegen seine Kordhose gepreßt. Erde und Schweiß, diesen Geruch werde ich nie vergessen. Und endlich hat er mit einer versöhnlichen Geste Frieden gemacht, nach rückwärts gegriffen und mir durchs Haar gerubbelt.

Er hatte einfach seine Art, er ist ein anständiger Mann gewesen. Entweder oder, hat er immer gesagt. Du und Ray? – viel zu kompliziert.

Ich habe die Heimkinder gemocht. Außer Robert. Der fuchtelte mit den Armen, warf sich auf den Boden und hatte plötzlich Schaum vor dem Mund. Furchterregend.

Wie ich darauf komme? Ich stelle mir hin und wieder die Frage, wie es sein kann, daß ich gesund auf die Welt gekommen bin. Für mich ist das alles andere als selbstverständlich.

Einmal hat mir Robert so heftig in den Finger gebissen, daß ich zum Arzt gebracht und die Wunde genäht werden mußte. Man hat mir verboten, fremde Hunde zu streicheln, das sei zu gefährlich, wenn er nur ein bißchen fester zugebissen hätte, wäre die Sehne durch gewesen. Ich habe mich nicht getraut, denen zu sagen, daß es doch der Robert und gar kein Hund war. Das hätte sowieso keiner geglaubt.

Für einen Augenblick hatte dieser Junge mein Leben in der Hand. Buchstäblich. Nur ein bißchen tiefer, und die Sehne wäre durch gewesen. Kein Geiger, keine Karriere, Schluß! Alles hängt von diesen Kleinigkeiten ab. Ein Zettel an dem einen oder anderen Kinderzeh, und – Ich kann die Hebamme sogar verstehen. Phantastisch, einmal im Leben wirklich entscheidend zu sein.

Natürlich habe ich mich auch manchmal gefragt, was aus mir geworden wäre, wenn die Steins nicht gewesen wären. Richtige Gruselmärchen von Hinterhöfen und Kindern in Mülltonnen habe ich mir ausgemalt. Ich konnte ja nicht wissen, daß mir eigentlich ein Platz in einem Sportpalast zugedacht war.

Unterbrich mich nicht. Manchmal habe ich sogar gemeint, das Gesicht meiner Mutter zu sehen.

Nein, nicht deines! Das von Gesine Schröder –.

Wieso spinne ich jetzt? Nur, weil du dir das nicht vorstellen kannst? Ich habe schnell begriffen, daß meine Eltern eigentlich viel zu alt für mich waren. Trotzdem habe ich sie ständig nach Geschwistern gefragt. Und ich habe gespürt, daß Gerhards Schafsnasen-Drohung seine einzige Chance gewesen ist, meine Fragerei abzuwehren. Während unseres Flugs bin ich ja auch bei dir erfolgreich damit gewesen.

Piano! Weder Neugierige noch Schafsnasen sind jemals in einen Birnbaum gehängt worden. Und schon gar nicht nachts.

Später habe ich kapiert, daß mit der Schafsnase meine eigene gemeint war. Wie verrückt habe ich auf den kleinen gezackten Bildern in den Fotoalben nach ihr gesucht, und als ich sie an keinem der vielen Verwandten habe entdecken können, so lange meinen angeblichen Großvater auf der Kommode hypnotisiert, bis sich im spiegelnden Rahmenglas eine Ähnlichkeit zwischen seiner und meiner Nase einzustellen begann.

Mit dem Hausbesuch des Musiklehrers ist alles anders geworden. Danach habe ich Geigenunterricht erhalten. Privat. Was das gekostet hat! Vorher hatte ich nur im Heimorchester mitgespielt. Das übliche Höllenspektakel, das Kinder mit Instrumenten machen. Manchmal hat mir das sogar Spaß gemacht.

Für Marliese und Gerhard war nichts schöner, als von früher zu erzählen. Aber nichts zu machen, alle Verwandten Bauern, Tischler, Schlosser, weit und breit kein schräger Typ, nirgendwo ein Künstler. Weder einen Kirchenmusiker haben wir finden können noch einen Harmoniumspieler im Krematorium. Irgendwann habe ich mich damit abfinden müssen, sozusagen mutterseelenallein mit dieser seltsamen Begabung auf die Welt gekommen zu sein.

Hat Marliese deiner Freundin eigentlich auch ihre Karajan-Idee ausgeplaudert?

Habe ich es mir doch gedacht! Sie hat es faustdick hinter den Ohren, die kleine Frau Stein.

Ich weiß, Rays Mutter. Aber damals habe ich nichts davon gewußt. Wenn ich die Kinder der Nachbarn mit ihren Sporttaschen zum Fußballplatz rennen sah, bin ich froh gewesen, der Sohn von Gerhard und Marliese und keines dieser Kinder zu sein. Sport hätte mich umgebracht!

Sag jetzt nichts. Dafür kannst du nichts, und du brauchst dich jetzt nicht zu rechtfertigen. Mein Leben hat schon lange nichts mehr mit dir zu tun. Das Verrückte ist doch, daß für jeden etwas anderes gut ist.

Versuch doch mal, alles unabhängig von vertauschten Kindern und verrückten Hebammen zu sehen. Für mich war's gut!

Übrigens, nicht nur meine Nase, auch alles andere hat immer weniger zu Gerhard und Marliese gepaßt. Lang und vor allem dünn bin ich geworden und habe mich mit Schulkonzerten vorgearbeitet. Marliese immer dabei, immer im Einsatz für mich. Nach Applaus und Zugaben hat sie mich in die Arme geschlossen und lästige Frager abgewehrt: Das hat er nicht von mir, das hat er alles von seiner Wolke mitgebracht.

Nach dem Abitur habe ich den Eltern gesagt: Ich will Musik studieren, mit der Gärtnerei wird es nichts – bei aller Liebe. Ich habe ihnen geschworen, mir das Geld selbst zu beschaffen. Und damit ist Gerhard zufrieden gewesen.

Hauskonzerte und nochmals Hauskonzerte. Du kannst dir nicht vorstellen, wo und unter welchen Umständen ich musiziert habe.

Nein, eben nicht auf der Straße oder im Caféhaus. Bei reichen Leuten. Bei solchen wie euch. Ich kann dir lange Geschichten erzählen, von den Angeboten der sogenannten »feinen« Damen. Sobald die Kultur abgehakt war und die Ehemänner alkoholisiert oder in endlose Debatten über Politik und Autos abgedriftet sind, haben die es nicht an Deutlichkeit fehlen lassen. Wenn ich gewollt hätte, hätte ich auf sehr direktem Weg den Sprung in diese Gesellschaft geschafft – ganz ohne Scheckbuch.

Nein, das sind keine Unterstellungen. Ich habe dir lediglich gesagt, wie es war. Außerdem ist es mir völlig egal, wie man in diesen Kreisen miteinander umgeht, ich gehöre sowieso nicht dazu.

Georg? Was hat der denn damit zu tun? –

Ach, den nehme ich aus. Wer nicht richtig sieht, braucht wahrscheinlich Geländer. Um dich nicht zu langweilen, nur noch drei Stichworte zu meinem Studium. Kontrapunkt, Harmonielehre, Musikgeschichte. Schon mal was davon gehört?

Spielt auch weiter keine Rolle. Wie von einem anderen Stern bin ich in die Welt der Musik gefallen – eine vollkommen andere Welt. In dieser Zeit habe ich dem Vater manchmal eine Karre Dung gefahren. Um ihm zu zeigen, wie dankbar ich ihm und Marliese für alles bin. Und mit den Heimkindern habe ich Ausflüge gemacht.

Was? Kunst ist alles andere als sozial. Ein Riesenirrtum. Künstler denken nur an sich. Anders geht es nicht. Aber wozu erzähl ich dir das alles, du willst wahrscheinlich etwas ganz anderes hören.

Wie zufrieden Fernando jetzt aussieht. Er spürt, daß wir unser Kriegsbeil begraben.

Irgendwann ist dann Luzzy Buerli aufgetaucht. Die nette kleine Schweizerin mit Talent fürs Klavier, und erst später, nachdem wir uns getrennt hatten, habe ich erfahren, daß bei ihrer Aufnahme an der Hochschule nachgeholfen und sie von ihren Eltern wegen irgendwelcher Pannen in Zürich nach Hamburg geschickt worden ist. Damit die Biographie sauber bleibt, heißt das bei denen. Und da habe ich dann begriffen, was mein Professor eigentlich gemeint hat, als er einmal fallenließ, ich solle ihre weiblichen Qualitäten nicht mit ihren musikalischen verwechseln.

Hast du nicht gesagt, daß Georg ihr gleich nach der Hochzeit einen Flügel hingestellt hat?

Du verstehst mich falsch. Ich gönne es ihr, alles gönne ich deiner Schwiegertochter. Zu ihrer Familie muß ich dir nichts sagen, die kennst du besser als ich. Hat Herr Buerli inzwischen wenigstens seine Reise zu den Eisbären auf dem Jungfernstieg gemacht? Das ist einer seiner Standardwitze gewesen. Die Schweizer haben überhaupt einen seltsamen Humor.

Nein, begegnet bin ich ihm nie, so weit ist es

nicht mehr gekommen. Aber Luzzy hat mir hundertmal versichert, daß er gleich nach ihrer Hochzeit nach Hamburg kommen werde, der Herr Generaldirektor mit eigenem Gewächshaus gegen den Streß. Aber er soll sich keine Mühe machen, es war vollkommen ausreichend, ihn und die ganze Sippe einmal in St. Peter von oben zu sehen.

Aber erst einmal ist mir, als Luzzy auftauchte, die Sicherung durchgebrannt. Als ich merkte, daß ich mich in sie und sie sich in mich verliebt hat, bin ich einfach weggelaufen, tagelang an der See durch die Dünen gerannt. Kein Mensch hat gewußt, wo ich war.

Ich habe weder gegessen noch geschlafen – ich war völlig außer mir. Irgendwann hat mich jemand ziemlich verwirrt auf einer Klippe gefunden. Drei Monate Psychiatrie. An der Hochschule muß in dieser Zeit die Hölle los gewesen sein, und auf der Arztrechnung hat »starke Suizidalität« gestanden, Marliese hat mich gefragt, ob ich wisse, was damit gemeint sei.

Ob du es nun glaubst oder nicht, Luzzy hat mich besucht. Im dünnen Sommerkleid ist sie auf die Station geschneit und hat mir meine Geige gebracht, zuletzt sogar mit mir zusammen vor den anderen Patienten gepielt. Ihre Reiche-Leute-Munterkeit, die mich zunächst so verwirrt und beinahe verrückt gemacht hat, hat mich auch zurück ins Leben gespült.

Von da an sind wir meistens gemeinsam aufgetreten. Die Verliebtheit hat mich taub gemacht. Ein hübsches Paar und hübsche Musik, wir sind herumgereicht worden und haben gut verdient. Luzzy ein Zubrot, ich meine Existenz. Ihre Fragen nach meinen Eltern und der beruflichen Tätigkeit meines Vaters habe ich im Galopp übersprungen, viele Monate den Witz mit dem grünen Daumen strapaziert. Und als die ersten Gewitterwolken am Horizont aufzogen und sie mich bat, ihr wenigstens einmal den Namen meines Vaters zu nennen, habe ich eines Tages einfach gesagt, Rubinstein! Ihr schrilles Lachen habe ich noch heute im Ohr, sie kann ein richtiges Biest sein, unsere niedliche Schweizerin. Beim Sortieren der Hochzeitsfotos hat sie dir ja eine Kostprobe gegeben.

Nein, ich will ihr nichts Böses! Übrigens hat sie auf ihre Weise zurückgeschlagen und mir ganz plötzlich, ohne Vorwarnung und in Gegenwart anderer an den Kopf geworfen, das mit Rubinstein glaube sie nicht, ich sähe eher aus wie ein Amerikaner. Ein Amerikaner aus einer jüdischen Familie.

Da staunst du, was? Du kannst dir nicht vorstellen, wie oft ich darüber nachgedacht habe, was der Anlaß für ihre Vermutung gewesen sein mag. So schief hat sie ja gar nicht gelegen damit, deine Schwiegertochter. Ein helles Köpfchen – aber das wirst du ihr nicht verraten.

Ich bin heilfroh, daß es von mir und Ray kein Foto gibt. Und daß ich nicht zur Hochzeitsparty im *Storchen* gegangen bin.

Wieso? Mir hat schon der Klimbim in der Kirche gereicht. Und außerdem: Die da unten mit Schleier und Strauß ist immerhin auch mal meine Braut gewesen, und dein Sohn hat sie mir ausgespannt. Vergiß das nicht.

Ich soll an meine Zukunft denken? Da kannst du Gift drauf nehmen, Caecilie Corner, aber ohne dich. Dazu gleich noch mehr. Wie hat er sie eigentlich bei dir eingeführt?

Luzzy spielt Klavier – weiter nichts? Genial! Mit *einem* Satz hat er sie über euch gestellt, von vorneherein die Musik gegen das Sportgeschäft gewinnen lassen. Luzzy spielt Klavier! Kein Kommentar. Magst du sie eigentlich?

Wieso geht mich das nichts an? Schwiegermütter und Schwiegertöchter sind eine Sache für sich, ich weiß. Aber du vergißt, daß ich mit demselben Mädel angekommen wäre, hätte uns nicht eine Hebamme einen kleinen Strich durch die Rechnung gemacht.

Was ist denn daran so verwirrend? Nein, ich will

überhaupt nichts komplizierter machen, als es ist. Es hätte doch sein können. Es macht einfach Spaß, sich vorzustellen, daß alles auch ganz anders hätte sein können.

Weißt du übrigens, wie sie sich kennengelernt haben? »Junge Musiker für junge Lions«. Konzert mit Diner in der Patriotischen Gesellschaft Hamburg, Trostbrücke, zwanzig Uhr, »Schwarzer Anzug erbeten«.

Das wußtest du? Dann brauche ich ja nichts weiter zu sagen.

Beim Buffet habe ich sie mir genau angesehen, diese weichwangigen Erben mit ihren stahlblauen Augen, die sich kein Flöckchen Butter vom Brot nehmen lassen. Papas Firma in der Tasche, mindestens ein Pferd im Stall und eine Hochseeyacht in mediterranem Privathafen. Alle mehr oder weniger auf Familiengründung aus. Ich habe da reingepaßt wie – na ja. Luzzy, ein schillernder Schmetterling, flattert von einem zum anderen, von hundert Augen taxiert, wie alle anderen jungen Frauen auch. Auf Ausstattung und jene Prise Frivolität, die es braucht, um – Schottenrock hin, Perlenkette her – im eigenen Schlafzimmer nicht auf die kleinen Unanständigkeiten des Lebens verzichten zu müssen. Im launigen Gewühl hat sich dann dein Georg an sie rangemacht, wirklich der einzige nette Junge unter den Affen. Ja, irgendwie habe ich ihn gemocht.

Sehr spät in der Nacht auf dem Weg zum Hauptbahnhof ist es dann passiert. Übermüdet und schlecht gelaunt, wie ich war, habe ich die Nerven verloren. Wenn ich gewußt hätte, daß sie ein so großes Herz für Behinderte habe, hätte ich sie schon längst einmal mit zu mir nach Hause genommen. Der Typ mit der dicken Hornbrille sei ja wie ein Schoßhündchen um sie rumgehüpft. Irgend etwas in der Art habe ich gesagt. Die Exemplare, die ich ihr vorführen könne, seien allerdings alle nicht so hübsch anzusehen. Dafür fehle es ihnen nämlich am Geld. Mitten auf der Straße ist sie stehengeblieben und hat angefangen zu schreien. Was das heiße, mit meinem Zuhause. Ich solle nicht solchen Quatsch reden. So wütend habe ich sie noch nie gesehen. Ich habe ihr dann alles gesagt.

Klar, es ist es nicht der richtige Augenblick gewesen, aber was hätte ich tun sollen? Irgendwann hätte sie es doch erfahren.

Eine Weile haben wir unsere gemeinsamen Auftritte noch fortgesetzt.

Vier Wochen später, im Haus eines Reeders an der Elbchaussee. Auf der Einladungskarte »Sommernachtstraum, Gartenkonzert bei Lampionschein«, darunter unsere Namen.

Ein schwüler Abend nach einem heißen Tag, das Hemd klebt, die Luft wie dicke Watte, die Glieder wie Blei. Schon als wir ankamen, bin ich fix und fertig gewesen. Den Flügel hatten sie auf die Terrasse gerollt, die Gäste fächelten mit den Programmzetteln. Vom Fluß her ein schwerer Geruch.

Im Freien zu spielen ist das schlimmste überhaupt. Dünn und zaghaft stiegen die Töne auf, entfernten sich, vom Haus her ein seltsames Echo, dazwischen, vom Steg herauf, das Klimpern der Stahlseile an den Bootsmasten. Ich hab ganz schön gekämpft. Über das Notenblatt hinweg Luzzys panischer Blick.

Gleich nach dem höflichen Applaus hat man mich ins Haus gerufen. Marliese am Telefon, sehr fremd, sehr laut, Der Vater liege im Sterben. Irgend jemand hat mir zugerufen, er werde mich fahren. Am Fuß der Treppe habe ich mich noch einmal umgedreht. Oben in der erleuchteten Tür dicht hinter Luzzy der Mann, der nicht eine Note erkennen kann. Das Bild werde ich nie vergessen.

Kannst du dir vorstellen, wie mir zumute war? Als es ernst wurde, hat sie gekniffen. In dem entscheidendsten Augenblick. Und dein Georg hat mir noch zugerufen, ich solle mir keine Sorgen machen, er brächte sie später mit dem Taxi nach Haus. Selber fahren kann er ja auch nicht, habe ich noch gedacht.

Als ich das Gärtnerhaus betrat, war mein Vater tot. Alles verloren.

Luzzy ist nicht einmal mehr zur Beerdigung gekommen, so erfolgreich ist Georg in seinem Taxi gewesen, und Marliese habe ich bald darauf ins Krankenhaus bringen müssen. – Ja, so ist es gewesen.

Schrecklich? Sicher. Aber noch während der Trauerfeier für meinen Vater Gerhard Stein habe ich beschlossen, das Getingel aufzugeben und noch einmal von vorn anzufangen.

Laß mich ausreden! Das Gärtnerhaus habe ich räumen müssen, da wollte der Nachfolger meines Vaters rein. Ich habe mich mit Fernando zusammengetan und mich wie in ein Wilder in die Arbeit gestürzt. Ja, wie ein Wilder. Hier kann ich üben, solange ich will, hier störe ich niemanden. In diesem Haus wohnt außer uns beiden inzwischen keiner mehr. Die Namensschilder haben wir nur drangelassen, damit uns unten keiner die Fenster einschmeißt.

Eine neue Wohnung? Wovon redest du! Was willst du eigentlich. Hier klopft keiner an die Wand, und auf der Straße laufen noch viel buntere Vögel als Fernando herum. Hier regt sich wenigstens niemand über ihn auf.

Ein Haus? Du hast wirklich nichts begriffen.

Was soll ich denn mit einem Haus! Mich interessieren ganz andere Dinge. Ich bin Geiger. Warum soll ich hier wegziehen, nur weil du aufgetaucht bist? Das ist kein Grund. Entschuldige, aber was habe ich denn mit dir zu tun?

Mutter und Sohn? Jetzt hör endlich auf! Ich bin achtundzwanzig Jahre alt, und ich bleibe hier. Und falls das immer noch nicht klar sein sollte: auch der, der ich bin. Ich möchte dich nicht kränken, aber ich hoffe jetzt wirklich nur noch eins, daß du nicht in dem Glauben gekommen bist, mich retten zu müssen. Hier werden weder ein rettender Engel noch eine Mutter gebraucht.

Wieso bin ich jetzt gemein? Wir hatten abgemacht, uns die Wahrheit zu sagen. Nicht mehr, aber auch nicht weniger. Laß mich eben noch den Schluß erzählen. Interessiert es dich überhaupt?

Luzzy? Habe ich nicht mehr gesehen. So wie sie es am Anfang geschafft hat, mich ausfindig zu machen, ist es ihr am Ende gelungen, mich zu meiden. Auch meine ersten richtigen Konzerte hat sie nicht mehr besucht, da bin ich sicher. Und, um ehrlich zu sein, es hat mir auch nichts mehr ausgemacht. Nur eins war mir noch wichtig. Ich wollte ihr zeigen, wie gut ich inzwischen geworden bin. Deshalb habe ich ihre merkwürdige Bitte erfüllt und auf ihrer Hochzeit gespielt.

Und jetzt hör zu: Als ich dann auf der Empore in St. Peter in Zürich begriffen hatte, wer Ray Corner ist, ist etwas Merkwürdiges passiert. Einerseits hat mich diese ungeheure Wut auf ihn gepackt – auf euch alle, eure Brieftaschen, euer Leben! Dagegen hätte selbst ein Rubinstein nicht anspielen können. Andererseits ist mir aber auch klar geworden, daß, wenn auch nur einer von euch dort unten gewußt hätte, wessen Sohn ich eigentlich bin, ich auch der Bräutigam gewesen wäre – und der wollte ich um keinen Preis mehr sein. Verrückt, aber wahr. Ganz allmählich, während der Predigt unter diesem albernen Schnörkelschild –

wie, du weißt noch, was da stand? –

ist mir das klar geworden, und ans Geländer gekrallt, habe ich darum gebetet, nicht durchzudrehen. Erst Mozart hat mich dann wieder auf den Teppich gebracht. Glaub mir: Ich bin überglücklich, *nicht* der Sohn von Ray Corner und auch nicht der Mann von Luzzy Buerli zu sein. Und jetzt bitte ich dich nur noch um eins: Laß mich in Frieden!

Du wolltest etwas sagen.

Ob ich traurig bin? Du meinst, weil ich keine Safarihelme verkaufe, sondern Geige spiele?

Entschuldige, so habe ich es nicht gemeint.

Ich hätte es leichter haben können? Ich werde wahnsinnig! Nun reden wir hier schon die ganze

Nacht, und du begreifst nichts, nichts, nichts. Versteh doch endlich: Mir ist es hundertmal lieber, ein vertauschter als ein verlorener Sohn zu sein – und bei euch wäre ich verloren gewesen. Die Chance, die die Hebamme Georg gegeben hat, ist auch meine gewesen.

Jetzt fang bitte nicht wieder von vorne an. Das hatten wir schon.

Eine bessere Geige? Marliese aus dem Krankenhaus holen? Verstehe ich richtig – du redest vom Geld? Das kann doch nicht wahr sein! Jetzt redest du vom Geld! Ich pfeif auf dein Geld. Der Sohn des Gärtners Stein hat sich allein durchgeschlagen, und er wird es auch weiterhin tun!

Ein Irrtum? Moment mal. Du selbst hast mir doch im Flugzeug gesagt, du liebst Georg über alles. Das kann doch wohl kein Irrtum gewesen sein. Die achtundzwanzig Jahre sind auch sein Leben! Was wäre aus ihm geworden ohne dich?

Straftat? Mach dich nicht lächerlich. Denk doch mal nach. Wenn ich dich richtig verstanden habe, wissen nur wir beide Bescheid, und den Wänden des Altenheims kann die Hebamme ihre Geschichte ruhig noch tausendmal erzählen.

Danke, daß du gekommen bist, aber jetzt ist es, glaube ich, besser, wenn du gehst. Alles Gute.

Ray

Ich habe es gewußt! Von Anfang an. Der war nicht von mir, der konnte gar nicht von mir sein, so wie der aussah. Aber weil ich es nicht wahrhaben wollte, daß du mich mit einem anderen – egal, das spielt längst keine Rolle mehr.

Nur aus Selbstschutz habe ich das Spiel fünf Jahre lang mitgespielt, Caecilie, nur aus Selbstschutz! Und jetzt ist sowieso alles zu spät.

Eigentlich purer Zufall, daß ich den Brief gestern wiedergefunden habe. Ich dachte, ich hätte ihn weggeworfen, ich hatte wirklich keine Lust mehr auf deine Geschichten. Zürich hat mir, weiß Gott, wieder gereicht! Ich habe ihn nicht einmal aufgemacht. Und nachdem ich mit Silke Strugalla telefoniert hatte, war für mich alles geklärt. Warum ich ihn jetzt gelesen habe, weiß ich nicht. Vielleicht aus Nostalgie? Einundzwanzig Jahre sind eine verdammt lange Zeit.

Du schreibst, du hättest mit allem deinen Frieden gemacht. Nun gut. Wer weiß, ob das heute noch stimmt und ob Georg wirklich nichts erfahren hat. Daß du dich bei mir entschuldigst, finde ich great, das hätte ich nicht von dir gedacht. Alles andere kann und will ich jetzt nicht mehr verstehen – ich darf mich nicht aufregen, hat der Arzt gesagt.

Daran, daß er nicht mein Sohn sein will, werde ich allerdings zu knacken haben. Wahrscheinlich sind Künstler wirklich Spinner, da mag der alte Gärtner wohl recht gehabt haben – aber es beruhigt mich zu wissen, daß der Junge wenigstens als Geiger seinen Weg gemacht hat.